小鳥とリムジン

小川糸

ポプラ社

目次

装画　くのまり
装丁　大久保伸子

第一章　リムジン弁当

お弁当屋さんができていた。

気がついたら、いつの間にかそこにお弁当屋さんの看板が出ていた。いつからそこにあるのかは、思い出せない。

年季の入ったママチャリに乗ってその場所が見えてくると、私は極力スピードを落とし、スローモーションでペダルを踏む。そして、心の準備を整え、満を持して店の前を通り過ぎる。

看板には、「リムジン弁当」という店名の下に、本日のお弁当の内容が手書きの文字でホワイトボードに綴られている。けれど、自転車に乗ったままの私は、どんなにゆっくりペダルを漕《こ》いでも、その文字の全てを瞬時に読み取ることはできない。

店の周辺には、うっすらと調味料で色付けされたカラフルな空気が、シャボン玉みたいに浮かんでいる。それを、なるべく逃さず、きゅーっと吸い込み、しばし味わってから肺の奥へと流し込むのだ。

これが私の、ささやかな喜び。自分が今、匂《にお》い泥棒をしていることを思うと、ちょっとだけ愉快な気分になってくる。

大吉の日は、まるでその料理をそのまま口に入れたかのような豊かな気分を味わうことができる。そんな日は、決まっていい日だ。コジマさんのオムツから、便がもれていない。

今日は、小吉とまでは言えないものの、まぁまぁの吉だった。

この香り、以前もどこかで会ったことがある。ちょっとまぶしいような、優しいような、日向みたいな丸い匂い。冷たい空気の中で、ふわふわのタオルに包まれたような柔らかい香り。思い出せそうで、でもどうしても思い出せない。

スローモーションで店の前を通り過ぎたら、私は再び力を込めてペダルを踏み込む。風が気持ちいい。もうすぐ、本格的な秋が来るのかもしれない。

最後の坂道を、今日はギアを変えずになんとかジグザグ走法でのぼり切った。

そうすれば、体温が上昇し、仕事先に着いてからも、すぐにはカイロをポケットに入れなくて済む。

見上げると、朝の太陽が、今日も元気で素敵な一日を！　と叫ぶみたいに、惜しげもなく明るい光を放っていた。

「おはようございまーす」

かつての駐車スペースにママチャリを停め、そろそろと玄関の扉を開ける。

今日も、玄関先に置いてある、コジマさんの靴と目が合った。もう、コジマさんがこの靴に足を入れて歩くことはないのだろうけど。

なんとなく、この新品の真っ白いスニーカーだけは、処分する気になれない。だから、そのまま玄関に置いてある。

スニーカーは、私が昨日ここを出る時の姿のまま、左右の靴の間隔を少しだけあけた状態で、惚けたようにぽかんとしていた。その靴を、私はたまに、神社でお参りする時みたいに靴底同士をパンパンと合わせ、埃《ほこり》を落とす。スニーカーはいつだって、コジマさんの足先が上から降りてくるのを辛抱強く待っている。

襖《ふすま》を開けると、スニーカーの主もまた、介護ベッドの上で、ぽかんと口を開けて天井のしみを見つめていた。

急いでダウンのコートを脱いでハンガーにかけ、うがいと手洗いを済ませた。まずはちょっと失礼して布団をめくり、オムツの中を確認する。黄色いシミが広がっているだけで、大きい方はまだされていなかった。

よっしゃあ。やっぱり今日は、大吉かもしれない。

そう思った刹那《せつな》、脳の奥から、ふわりとあの明るくて丸い香りがよみがえった。目を閉じると、まぶたの裏側にぼんやりとまぶしいような色が広がる。

コジマさんから突然手紙が届いたのは、もう十年以上も前になる。私はその頃、施設にいた。児童養護施設だ。高校一年生の時、自らの意思で家を出て、児童養護施設に助けを求めた。以来、実家へは一度も帰っていない。高校へは、毎日施設から通学した。

手紙をもらった当時、私の心はものすごく荒れていた。大しけの晩の外海みたいに荒れ果てていた。幾度も施設を脱走しては行き場を失い、その度に途方に暮れ、空腹に耐えられなくなるとまた施設に戻る、その繰り返しだった。どこにいても満たされることはなく、心も胃袋も両方がすっからかんだった。

本音を言ってしまえば、大学に進んでもっとレベルの高い学問を身につけたかった。当時はそれすら自分の言葉で言語化できていなかったけれど、今から思うと、私はそれを望んでいた。学ぶことは嫌いではなかったし、高校での成績だってきちんと勉強すれば、それほど悪くなかった。

でも私には、大学に進学するどころか、受験をするだけのお金すらなかった。頼れる人は、どこにもいない。仮に受験できて大学に合格したって、アパートを借りるにも保証人になってくれる人はいないし、生活費も授業料もすべて自分で稼がなくてはいけなくなる。そんなこと、逆立ちしたって無理だ。

がんばれば道は拓けるなんて、大嘘だ。そんな戯言《たわごと》は、努力すればなんとかなる状況の人が、口先だけで言っているにすぎない。私のような境遇の人間は皆、十八歳になれば施設を出され、いきなり社会で自立して生きていかなければいけないのだから。帰る場所はもうこの地球上のどこにもないし、誰も私を守ってくれなくなる。

当時の自分を振り返ると、断崖絶壁の極の極に、後ろ向きでかろうじて立っている状態だった。日々、爪先にライターの炎を近づけられるような心境だった。

いっそのこと、自らの爪先を炎に差し出し、しばらく熱さに耐えていれば、いつか炎が体全部に行き渡って、私は一握りの灰となって消えてしまえたのかもしれない。

毎朝目が覚めるたび、このまま消滅してしまえばいいのにと思った。でも、実際に消えることはできなかった。それに、私にはどうしてもそれをしてはいけない理由もあった。

要するに、十代後半にして、すでに私の人生は八方塞《ふさ》がりで、本当に、心の中のどこをどう探しても、夢とか希望とか、そんなただ甘いだけのキャンディみたいな将来への展望は、何ひとつ存在しなかったのだ。手紙が届いたのは、そんなふうに私が自分の人生に絶望しきっていた、まさにそういう時だった。

手紙の冒頭、コジマさんは、自分が私の実の父親である可能性が極めて高いと告白した。ただ、私はそれまで一度もコジマさんに会ったことがなかったし、コジマさんについての話を聞いたこともなかった。実際のところ、生物学的な私の父親候補が五人いようが十人いようが、なんら不思議ではない。私の母親という人物は、そういう生き方しかできない人間だった。

手紙には、コジマさんから私への謝罪の言葉と共に、当時の母親との関係が説明されていた。母親とは、付き合っていたというよりも、瞬発的なその場しのぎの関係だったらしい。若気の至り、不徳の致すところ。コジマさんは何度も同じ表現を用いて、釈明を繰り返した。コジマさんは、その時妻子のある身だった。

母親から妊娠を告げられた時、コジマさんは、その子、つまり私が自分の子であると確信したそうだ。確信したが、勇気がなくて認知はできなかった。現実的な問題を考えると恐ろしくなり、母親との関係を断ち切り、連絡も一切できないようにしたという。

結果として、コジマさんは母の前から姿を消した。その後、コジマさんは妻と死別し、妻の連れ子だったふたりの子どもたちとも疎遠になった。

コジマさんはその時、深刻な病を患っていた。最終的には死に至る進行性の難病で、治療法もなく特効薬もなく、近い将来確実に寝たきりになるという。手紙は、私にそばにいてくれないだろうか、そして自分の介護をお願いできないだろうか、という内容で結ばれていた。

決してきれいとは言えない直筆の手紙と一緒に、銀行の通帳のコピーが同封されており、そこには、右から順に一、十、百、千、万、と数えなければわからないほどの高額なお金が預金されていた。コジマさんが、母親から受け継いだ不動産を売って得たお金だという。

私は、何度も何度もコジマさんからの手紙を読み返した。

最初はあまりにも虫のいい話ではないかと憤ったし、いくら不甲斐ない人生を送ってきた自分でも、私はこの人の面倒を見るために生まれてきたのではないはずだ、と神様の胸倉をつかんで問いただしたくなった。

どうして私にばかり、大きな試練が与えられるのか。自分の境遇が改めて悔しくなったし、惨めさにうちひしがれるたび、手紙を破り棄てたい衝動にもかられた。けれど、そのたびに何かが私を押しとどめた。

私は、時間帯や場所を変えて、コジマさんからの手紙の文面を暗唱できるほど、繰り返し目を通した。今から思うと、手紙の字が決してきれいとは言えなかったのも、コジマさん本来の文字ではなく、病気の影響でそうならざるを得なかったからかもしれない。

けれど、字とは裏腹に、コジマさんが綴る言葉はとても丁寧で、決して人を傷つける意図がないことが読み取れた。手紙に目を通すたび、私の中で少しずつ、コジマさんの真っ当さがかさを増した。

もしも私が、親に恵まれ、家庭環境にも恵まれ、経済的にも恵まれて、何不自由なくいわゆる「ふつう」の人生を歩んでいたら、決してそんなふうには感じなかったはずだ。

でも、私は「ふつう」の枠から大いに外れた世界で、息も絶え絶えになるほどの辛苦を味わいながら、なんとかかろうじて生きのびていた。

不思議なことに、私はコジマさんからの手紙を読めば読むほど、自分の血が薄まっていくように感じて安らかな気持ちになったのだ。まるで、脳天から濁りのない清らかな水を注がれるような気分だった。

だって、私はそれまで、自分は百パーセント、母親のDNAを受け継いでいるクローンだと思い込んでいたのだ。でも、実際はそうではない。そのことを、コジマさんが私に教えてくれた。それがコジマさんであるかどうかはわからないにせよ、とにかく自分にも父親が存在するのだという気づきは、私の人生の大きな大きな発見だった。

自分の子どもかどうか確かな証拠も存在しないのに、私の居場所を必死になって探し出し、身勝手ながらもわざわざ手紙を書いてくれたコジマさんを、私は少し不憫《ふびん》というか気の毒にすら感じた。

もちろん、コジマさんにはコジマさんの事情があって、切羽詰まっていたのかもしれない。私くらいしか、頼れる相手を思いつかなかったのかもしれない。

いずれにせよ、実の娘でも実の父親でもないかもしれないのに、あるひとりの人間を蝶番《ちようつがい》にして、私とコジマさんは数奇な縁で結ばれていた。

承知しました、と私は短い返事をショートメールで送り、コジマさんが亡くなるまで介護にあたることを承諾した。

その頃、私は本気で自分の人生なんてどうなってもいいと思っていた。だから、外の社会に放り出されて路頭に迷うより、食べるに困らない最低限の生活が保障されるのであれば、父親だか誰だかわからない相手の介護をする方がまだましだった。正直な話、コジマさんを積極的に助けたいと思ったのではなく、単に自分が生きて行くための手段として、マシだと思われる選択をしただけなのだ。

だって、いくらなんでも十八歳でホームレスになるのは過酷すぎる。でも、それは大袈裟《おおげさ》でもなんでもなく、実際にあり得ることだった。帰る家のない私は、自らの手で自分の居場所を開拓するしか、道はない。

それに、私は人と接するのが極端に苦手というか、人間の存在そのものが恐怖心を呼び起こすし、幻滅の対象にもなっている。だから、一般的な職業に従事するのはものすごくハードルが高い。そのことを自分でもわかっていたので、コジマさんというある特定の人物の介護に当たることで自活していけることは、ある意味とても好都合だった。

コジマさんが男性であるというのは、最後まで気になった。けれど、深刻な病気を抱えているのであれば、突然襲ってきたりもしないだろう。コジマさんの言葉を信じれば、近い将来コジマさんは車椅子生活となり、五年後には寝たきりとなって話すことも歩くこともできなくなる。

それにコジマさんは、私が実の娘であると完全に信じていて、そのことをこれっぽっちも疑っていない。だから、最低限の安心材料は揃《そろ》っていた。

コジマさんは、のちのち私が不利にならないよう、きちんと法的に有効となる遺言書も作成してくれるという。施設を出て引っ越しをし、コジマさんの家の近所にアパートを借りて一人暮らしをするための準備資金もコジマさんが出してくれるというし、介護の知識を身につけるための通信講座を受ける授業料だって、コジマさんが払ってくれるという。私には、至れり尽くせりに思えた。

後日、実際に駅前の喫茶店で会ったコジマさんは、驚くほど紳士的だった。私には、この人が自分の父親だという実感は微塵《みじん》も湧かなかったけれど、コジマさんの方は違ったらしく、私が施設に入らざるをえなかったことに対して、何度も何度も涙まで流して謝ってくれた。コジマさんは、手紙の印象から受けた通り、いやそれ以上に誠実な人柄だった。

以来、私はコジマさんに雇われた専属ヘルパーとして、コジマさんの家に通い、コジマさんの身の回りのお世話に当たっている。

施設を出て、コジマさんの家に通いながら介護の勉強をしていた頃、コジマさんはまだ、時間はかかるものの自分で自分の面倒を見ることができた。症状を遅らせるための薬を飲みながら、多少呂律《ろれつ》が回らない場面はあっても会話を交わすことができたし、買い物も、歩行訓練を兼ねて近所までなら自力で行くことが可能だった。

当初、介護と言っても名ばかりで、意気込んで勉強をしていた私の方が拍子抜けしてしまったくらいだ。私は逆にコジマさんから、ご飯の炊き方や味噌汁の作り方、洗濯機の使い方、洗濯物の干し方やたたみ方、掃除の仕方などを丁寧に教わった。

最初はよく把握しきれていなかったが、知れば知るほどコジマさんはとても几帳面な性格で、靴下や下着のたたみ方ひとつにもこだわりがあった。コジマさんは、自分が動けなくなることで、そういう家の中の秩序が乱れることを極端に恐れていた。

たとえば、洗濯機を使った後は、液体洗剤や柔軟剤などを入れるコーナーをその都度取りだし、洗濯槽の底に逆さまにして置いておく。そうすれば、中の水分が抜けて、乾燥させることができる。洗濯槽に水を注ぐための元栓も、毎回、使う時だけ開けて、使用後にはまた閉めておく。

正直、最初はいちいちやることが細かすぎると不満に感じたものの、やってみればそれが結果として気持ちよかったり効率的だったり経済的だったりするので、私も納得することができた。

振り返れば、実家でも施設でも、そういうことは一切教わらなかった。

コジマさんと出会うまで、私は炊飯器でご飯すらまともに炊くことができなかったのだ。そんな私に、コジマさんは少しも嫌な顔をせず、私がきちんとマスターできるまで、ねばり強く教えてくれた。

私が同じ質問を繰り返したり、同じ失敗をやらかしたりした時も、決して声を荒らげはしなかった。逆に前回までうまくできなかったことが上手にできると、コジマさんは幼い子どもを見るような眼差しで私を見て、こちらが気恥ずかしくなるくらい大袈裟にほめてくれた。

私は毎回、コジマさんの言葉や注意点をメモしながら、コジマさん流の家事のやり方を身につけた。

時々、もしかすると病気というのは単なるコジマさんの口実で、娘かもしれない私と、ただこういう疑似親子みたいな時間を過ごしたかっただけなんじゃないかと疑念を抱くことすらあった。でも、病魔は確実にコジマさんを蝕《むしば》んでいた。体だけではなく、体に引っ張られるように心の方もまた、同時進行で蝕まれていくようだった。

私が二十歳を過ぎる頃から、コジマさんは次第にできないことが増えてきた。最初の手紙でコジマさんが書いていた通りの内容が、そのままデジャヴのように現実となった。

発症から数年後、コジマさんは家から一歩も外へ出られなくなり、表情も乏しくなった。そして、一日中ベッドに横たわり、ラジオを聞いている時間だけが長くなった。

そんなわけで、施設を出た私は、ホームレスになることもなく、コジマさんの家と同じ町にアパートを借りて一人暮らしを始めた。コジマさんの家で一緒に暮らそうという発想は、コジマさんにも私にも最初からなかった。

コジマさんが暮らす日本家屋には使っていない部屋がいくつかあるし、そうした方が家賃だってかからずに済み、通勤の時間も省くことができる。でも、やっぱりそうしないで正解だったと今は思う。

雨の日も風の日も、雪の日だって、私はコジマさんの家へと自転車で通勤する。ゆっくりペダルを漕いで十五分くらいの道のりが、なんだかいい気分転換というか息抜きになるのだ。働いているのだという自負も、ほんのり感じることができる。

ただ、家を出る時は、毎回、今日こそはと思うのだが、やっぱり、いざお弁当屋さんの前を通りかかると緊張して胸が苦しくなり、中に入ることができない。

だから私は、なるべくスピードを落として店の前を通り過ぎ、胸いっぱいに空気を吸い込む。それが、今の私にできるささやかな贅沢だ。

そんなことを考えながら店の前を通ったら、いきなり巨大な香りのマントで体ごとブワッと包まれた。もしかすると、今日のおかずは唐揚げかもしれない。一緒に、甘酸っぱいような香りが混じっている。

私は、カラリと揚がった唐揚げの上にとろとろのあんがかかっているのを想像し、それだけで幸せな気分になった。揚げたての唐揚げなんて、もう何年も口にしていない。

すると、不意にお弁当屋さんのドアが開いた。中から、私と同世代と思われる女性が颯爽《さっそう》と飛び出してくる。彼女の手には、大きな紙袋があった。一瞬、その女性とばっちり目が合う。

パニックになりそうになり、私は野生動物みたいに猛スピードで店の前から走り去った。

やっぱり、私にできることは、今日のお弁当のおかずは何だろうと想像しながら、店の前で深呼吸することだけなのだ。

そうやって、毎日が坦々と過ぎていく。


介護の仕事には、食事や着替え、入浴、体位変換など様々あるが、やっぱりなんといっても大変なのは、排泄《はいせつ》だ。

最初の頃は、コジマさんの意思を尊重し、便意を感じてからベッドを出て、体を支えながらトイレまで行くようにしていた。間に合えばラッキーだけど、途中でもれてしまったりすると、後始末は私の負担になった。

トイレ問題は、常に私たちの前に立ちはだかっていた。コジマさんの病気は、脳のいくつかの部分の神経細胞が時間の経過と共に劣化するために起こるもので、自律神経が機能しなくなる。そのため、発症前までは自然にできていた自らの体のコントロールが、できなくなってしまうのだ。

その症状のひとつとして、排尿障害があった。膀胱《ぼうこう》の制御が困難となり、常に残尿感があったり頻繁《ひんぱん》に尿意を感じてしまう。結果として、排尿の回数が多くなる。同じように便秘も深刻で、何日も出ないとなるとどうしても薬に頼らざるを得なくなる。

コジマさんの排泄は、じょじょに、成功するより失敗することの方が多くなった。そのたびに排泄物を片付けてきれいにするのだが、家の中には、どうしても姿形の見えない臭《にお》いが澱《おり》のようにたまっていく。

やがて、コジマさんの家の玄関を開けるたびに、なんとも言えない嫌な臭いが私を出迎えるようになった。そのたびに、私は自分自身をみじめな人間だと感じてしまう。こんな人生しか送れないのは全て母親のせいなのだと、罵《ののし》りたくなってしまう。

自分に対して虚しさを覚え、自分以外の全ての人の人生が羨《うらや》ましくなってしまうのだ。そして、知らない間にこの臭いが自分の細胞にまで染みついているのではないかと想像すると吐き気がし、皮膚を全部剝《は》がしてしまいたいような衝動に駆られる。

けれど、コジマさんの人生を最期まで見届けると契約書まで交わして約束した以上、私はここから簡単に逃げ出すわけにはいかなかった。

なんとか臭いを消す方法はないかと自分なりに考えて、最初は市販の消臭剤を使用した。でもそれを使うと、今度は私の頭痛がひどくなる。

色々な試行錯誤を繰り返した結果、最終的にたどり着いたのが、精油だった。そして精油との出会いが、私の人生をほんの少しだけど明るい方へと導いてくれた。

もちろん最初は、コジマさんの排泄物の臭いをどうにかしたい一心で、精油を使っていた。それはもう、すがるような、祈るような気持ちだった。

でも、使っているうちに、無表情だったコジマさんの顔に、変化が見られるようになったのだ。そして、私自身の心にもまた、香りがほのかな光のように作用するのを感じるようになった。

最近のコジマさんはもう、ほぼ寝たきり状態だ。以前は、何が何でも、それこそ這《は》ってでも自力でトイレに行こうとしたけれど、何度か失禁を繰り返してから、コジマさんの中にあった羞恥心《しゅうち》のようなものが薄らいでいき、次第にオムツをはくのも、そのオムツを私に交換されるのも、無表情で受け入れるようになった。羞恥心というものを手放さなければ、人はそういう行為を受け入れられないのかもしれない。

コジマさんの中に、まだ言葉というものが輪郭を残して存在しているのかどうかは、正直なところよくわからない。コジマさん、と呼びかけて、はっきりとこちらに顔を向ける時もあれば、全く関心を示さない時もある。言葉は、だいぶ溶けかかっていて、かなりの部分の形を失っている。いずれ、すべての形が溶けて、お粥《かゆ》のようなとろりとしたひとつの柔らかいものになるのかもしれない。

寝たきりとなったコジマさんはヒトの抜け殻のようで、形だけというか、中身のない最中みたいに上辺だけがそこに取り残されているように感じてしまう。コジマさんの中身は、一体どこへ行ってしまったのだろうと不思議に思う。

それでも、コジマさんは自発呼吸を続けており、わずかながらも食べ物を口にし、その結果として排泄もする。

そのことを、私はそれほど辛いとは感じない。一緒に暮らしたことのある実の娘なら、また違うのかもしれないけど。私の場合、元の、つまり病を得る前のコジマさんを知らないのだ。知っているのは病気になってからのコジマさんだから、比較のしようがない。

大口を開けてゲラゲラと笑い転げるコジマさんなど、私はどうしたって想像することができないのだ。

コジマさんが着ている衣類やシーツや枕カバーを洗ったり、体を拭いたり、口の中をきれいにしたり、流動食を用意してコジマさんに食べさせたり、オムツを交換したり、おしりを拭いたり、私は淡々とコジマさんの身の回りのお世話をする。

一週間に二回は、訪問入浴のサービスを受けるようにもなった。それ以外にも、訪問マッサージに来てもらったりと、私だけで介護に当たっていた頃よりも、だいぶ負担は軽くなった。

私自身が、コジマさんの介護に慣れてきたというのもあるかもしれない。でも、コジマさんの行動範囲が狭くなり、基本的に体がベッドから動かなくなったことで、以前よりも自分自身の自由な時間が持てるようになったのは確かだ。私はそのことを、コジマさんには申し訳ないが、ありがたいと感じている。おかげで家の中には、コジマさんが望んだ通りの整然とした秩序が保たれている。

掃除や洗濯、調理などすべての家事を終え、コジマさんが大切に育てていたアロエの水やりも終えると、私は小箱に入れた精油の瓶を取り出して、オイルに混ぜる。精油は、精油そのものを体になじませることはなく、必ずキャリアオイルと呼ばれるオイルで伸ばして使う。

最初は、ラベンダーやカモミール、ローズマリーなど、手に入りやすくて禁忌もない、それでいて様々な効能が期待できる外国製の精油を使っていた。けれどアロマテラピーの世界を探求するうち、日本に古くから自生する植物から取り出される精油があることを知り、コジマさんにはその方が親しみやすいだろうと考えて、途中からはなるべく日本の精油を使うようになった。

どうやらコジマさんは、元気な頃、植物を育てるのが趣味だったらしいのだ。そのことを直接本人の口から聞いたことはないけれど、小さな庭にはいくつもの植木鉢が並んでいる。そのほとんどは、もうすでに枯れてしまっているけれど。

いつか片付けようと思いながら、なんとなくやろうとすると急に億劫《おっくう》になって体が動きたがらなくなり、結果として乾いた土の中に枯れた枝や葉っぱが骸骨みたいにそのままの姿で放置されているのだ。その姿が目に入るたび、コジマさんに対してなのか枯れた植物に対してなのかはわからないが、申し訳ないような気持ちになる。

ただ、唯一アロエの鉢植えだけは生き延びて、今も生長を続けている。どうやらアロエという植物は、ものすごく生命力が強く、薬用にもなるらしいのだ。

食べれば、便秘を解消したり血糖値を下げたりする効果が期待できるようだが、私はなんだか怖くて食べたことはないし、急に体調が悪化したりするのも恐ろしいので、いくら効果がありそうでもコジマさんにも食べさせようとは思わない。

アロエの鉢は、コジマさんのベッドからも見える位置に置いて、私がたまに水やりをしている。

アロマテラピーの勉強の一環として、コジマさんにハンドマッサージをした何回目かの時だった。私は、コジマさんの手のひらが、自分の手のひらと瓜二つであることに気づいてしまった。

重ねると、コジマさんの方がひとまわり大きいものの、まるで拡大コピーをしたみたいに、形も肉質も厚みも、そっくりなのだ。爪の色や形までもが、緻密な複製みたいに同じだった。

それまで、コジマさんは私を実の娘であると疑っていなかったが、私の方は半信半疑のままだった。だって、私とコジマさんは顔も似ていないし、背格好も違う。声も違う。悲しいかな、私の容姿は母親と瓜二つだった。

同じ屋根の下で長く時間を過ごすうち、コジマさんに対してうっすらとした情のようなものを感じることは確かにあったが、私はなるべく感情移入をしないよう努めていた。

私はコジマさんをコジマさんと呼び続けることで、常にコジマさんとの境界線を意識した。娘であるかのような甘えた態度を取ったことだって、一度もない。

けれど、その時に見たコジマさんの手のひらは、まるで自分の手のひらのようだった。指と指を交互に合わせると、パッと見ただけでは、どれがコジマさんの指でどれが自分の指かがわからなくなる。コジマさんから、ほらね、だからそう言ったでしょ、と動かぬ証拠を突きつけられた思いだった。

その発見があってから、少しずつ、コジマさんとの心の距離が近づいたように思う。

新しい服も必要ないし、外食だって滅多にしないので、私はコジマさんからの毎月の報酬が銀行口座に振り込まれると、生活費と貯金に回すお金を除いた分のお小遣いで、精油を買い足すようになった。

小箱の中の精油が一本増えるたび、私は小さな友人がひとりずつ増えていくような豊かな気持ちを味わった。今日はどの友とおしゃべりしようかな、と考えながら精油を選ぶのは楽しいひと時だ。

私はその日の空模様や季節、コジマさんの体調や顔色をよく観察し、その日のハンドマッサージに使う精油を慎重に選びだす。

たとえば、木枯らしの吹く季節が巡ってきたら、体を温める成分のリモネンがたっぷり含まれる温州みかんを使い、初雪が降って本格的な冬が来たら、風邪をひかないように柚子で免疫力を高める。

春が近づけば、冬のあいだ体に溜まった毒素を排出すべくトドマツを、若葉が芽吹く頃になれば、ヒノキの香りで森林浴の爽《さわ》やかな空気を届けた。

梅雨に入って蒸し暑い日が続けば日本ハッカですっきりした気分を味わってもらい、梅雨が明けて盛夏を迎えたら、爽やかなレモンの香りで暑気払いする。暑くて寝苦しそうな夜は、ぐっすり眠れるようヒバを混ぜ、暑さに負けて夏バテしているように見える時はシソの力を借りた。

香りを間に挟むことで、気がつくと私は、自然とコジマさんに話しかけるようになっていた。おそらく、病気の影響でもう目はほとんど見えていないはずだ。でも、最後まで耳は聞こえているというし、たとえコジマさんに私が話しかけている言葉の正確な意味は通じなくても、なんとなく私の声が聞こえたら、コジマさんだって安心するんじゃないかと思ったのだ。

コジマさんには失礼かもしれないが、私はペットと人との交流というのは、きっとこんな感じなのかもしれないと想像するようになった。完全に意思疎通できるわけではないけど、全く何も通じないわけでもない。そこには、確かに何かしらのメッセージのやりとりがある。それが、言葉ではない、というだけのことで。

たとえば、今は機嫌がいいのか、それともどこか居心地の悪いところがあるのか。楽しい夢を見ているのか、怖い夢を見ているのか。

よーく耳を澄まして目を見開いて向き合っていると、コジマさんのまばたきや顔色、呼吸の深さから、そういうことがだんだんわかるようになってきたのだ。コジマさんが言葉を発しなくなった当初は、完全な一方通行のように感じられた会話も、懲《こ》りずに何度も語りかけているうち、コジマさんの声なき言葉のようなものを受け取れるようになった。

すべて、精油が私とコジマさんにもたらした恩恵だった。植物たちの様々な香りが、私とコジマさんとの間にトンネルを掘り、お互いの感情を伝え合う新たな通路となって機能してくれたのである。

純粋な精油は高価なのでそれらを一気に揃えることはできなかったけれど、次にどの精油を手に入れようかとあれこれ考えながらコジマさんの介護をすることで、仕事への意欲は確実に高まった。

そして私は、コジマさんにハンドマッサージをしながら、同時に自分自身もまた深く癒《いや》されていることに気がついたのだ。精油を使うようになってから、私自身が以前よりも深く眠れるようにもなっていた。

もしも、コジマさんの体が衰弱して、この先思うように口から食べられなくなっても、生きている限り呼吸は続く。息を吸うことで、香りを吸い込むことはできる。

そのことに気づいた時、私の胸に勇気のようなものがわいた。香りには、想像以上にたくさんの力が秘められていた。

もう、コジマさんの体を支えながら近所を散歩することはできないけれど、まだ同じ空気を、しかも精油で香りづけした色とりどりの空気を吸うことはできるのだ。そうやっていれば、いつか秘密の香りがコジマさんの脳を刺激して、奇跡が起きるかもしれない。夢物語かもしれないけど、香りという光の粒が、機能を停止しかけているコジマさんの体に小さな変化をもたらすかもしれない。

それが、私にとってのちょっとした希望になった。

私は、生まれて初めて、希望というものがどういう味わいなのかを体で知った。人生にもがいていた十八歳の私からは、想像もつかない進化だった。


朝、アパートを出ようとして、ふとカレンダーの赤い丸に目がとまる。

なんの印だったかな？　と一瞬考え、あ、そっか、自分の誕生日か、と時間差で気づいた。

私は、六月に生まれた、らしい。

誕生日が、特に嬉しいわけでは決してない。おめでとうと言ってくれる人はいないし、誰かがサプライズでプレゼントを用意してくれるわけでもない。

施設にいた頃は、とりわけ誕生日が苦痛だった。白々しくおめでとうと言われたり、どんなことがあっても生まれてきたことを感謝すべきだ、みたいに押し付けられたりするのが、私にはものすごく気色悪くて、吐き気すら感じるほどだった。

もし、こういう人生になるとわかった上で、生まれるか生まれないかを自分で決めることができたのなら、私は絶対に後者の選択をしただろう。こんな人生を自ら選ぶ阿呆が、どこにいるというのだ。

同様に、クリスマスも大嫌いだった。誕生日とクリスマスが世の中からなくなったら、どんなに生きやすくなることかと、毎年その日が来るたびにしみじみとそう思っていた。お正月など、言葉を聞いただけで呪いたくなる。

そっか、今日は私の誕生日なのか。

まるで他人事のようにそう思いながら、アパートのドアに鍵を閉めて家を出る。

自分が生まれた日の空が、雨だったのか曇りだったのか快晴だったのか、私は知らない。一度母親に聞いたことがあるけれど、忘れちゃったわ、と関心のない声で一蹴《いっしゅう》された。

誕生日は少しも嬉しくなかったけど、施設には自分の誕生日すら知らない子もいた。自分が何月何日に生まれたのか知っているだけ、私の人生はまだマシなのだろうか。

境遇と境遇を較《くら》べて、ジャンケンでもするみたいに、自分の方が幸せだとか不幸だとか、それで満足したり悲観したり、そういうこと自体がナンセンスだと、今の私はそうはっきり思っている。

誕生日なんて、さっさと風に飛ばされて遠くに行ってしまえばいいのになぁ、みんなが一斉に元日になると歳を取った昔の日本人が羨ましいなぁ、などと明るく思いながらママチャリのペダルを踏みしめた。

一人暮らしを始める時に買った自転車だから、もう十年以上は使っている。いよいよ、私がペダルを踏み込むたびに大声で悲鳴を上げるようになった。最近は、内部が錆《さ》びているのか鍵もうまくかからない。でも、こんなオンボロママチャリを盗もうなんていう変人はいないだろうから、多少鍵がかからなくても構わない。

確か、コジマさんと駅前の喫茶店で初めて会った時だったと思うが、誕生日を聞かれた。コジマさんは、それを覚えていてくれたらしく、私が引っ越してコジマさんの生活のお手伝いをするようになってから、何回か誕生日プレゼントを私に用意してくれたことがある。

十九歳の誕生日はハンドバッグ、二十歳の誕生日はピアスだった。正直、どちらも自分の好みではなかったし、第一私の耳にはピアスを通すための穴がない。

高校生の頃は、耳にピアスの穴を開けるだけのお金があるなら、空腹を満たす方がずっと重要だったし、お金をかけずに自分で穴を開けるだけの勇気もなかった。だから、ハンドバッグもピアスも一度も使わないままクローゼットにしまってある。

二十一歳の誕生日にくれたのは、赤いマグカップだ。これだけは気に入ったというか、ちょうど使っていた湯呑み茶碗を割ってしまい新しいのを買わなくてはいけないタイミングだったので、すぐに使い始めた。

今も、赤いマグカップはアパートで使っている。縁のところがちょっと欠けてしまったけれど、問題ない。紅茶も牛乳もインスタントのお味噌汁も、それで飲む。

それから三年ほどはプレゼントがなくなり、またいきなり復活した時にもらったのがなぜか登山用の靴下だった。ただ、サイズがあまりに大きくて、私は履くことができなかった。私の誕生日を祝ってくれようとしたコジマさんの気持ちだけで、私は十分感謝している。そして、それがコジマさんからの、おそらく最後のバースデープレゼントになるだろう。

そんなことを思い出しながらママチャリを走らせていたら、お弁当屋さんがもうすぐそこに迫っていた。今日のおかずは何だろう。

ゆっくりとペダルを漕いで通り過ぎながら、いつものように匂い泥棒をするつもりだった。けれど、気がつくと私は、店の前に自転車を停めていた。駐輪スペースに自転車を置いて、前カゴに入れてあるリュックを肩にかける。もしかすると、今日なら入れるかもしれない。

店名の下に書かれた、本日のメニューに目を走らせた。

ソラマメのちらし寿司、生麩《なまふ》の田楽木の芽味噌、人参のくるみ和え、白桃羊羹《ようかん》。

どんな味なのか想像すらつかないものばっかりだけど、その文字を目に入れるだけで、私はなんだかとてつもなく満たされた気分になり、口の中いっぱいに、じゅわっと生唾《なまつば》がわいた。

店の扉を、そーっと押してみる。ドアに取りつけてあったカウベルがかすかに鳴り、中から笑い声が聞こえた。自分では、こんにちは、と言ったつもりだった。でもその声は、音にまで成長しなかったらしい。

男の人が何か言うと、それを聞いた女の人が大笑いしている。幼い女の子の声も混ざって、笑い声は更に大きく膨《ふく》らんで私を圧迫した。

奥から届いた、いらっしゃいませという声を聞こえなかったことにして、私はそっと扉を元の位置に戻した。

もう、それ以上は体が前に進まなかったのだ。あの楽しげな笑い声をかき乱してまで、中に入っていく勇気が私にはない。

もしかしたら、今日は誕生日だから奇跡が起こせるかもしれない、そう期待した自分が甘かった。誕生日の奇跡など、起きなかった。

早業《はやわざ》でママチャリのストッパーを蹴り上げ、ハンドルを握りしめる。逃亡するような心境で、一気にペダルを踏み込んだ。意気地なしの私を乗せて、ママチャリが強引に未来へと前進する。

ギーコ、ギーコ、ガガガガガ。

まるで、こんな私を高らかに嘲笑《あざわら》っているかのような不協和音が響いた。

せっかくの誕生日だから、あのお店のお弁当を買って食べてみようと思ったんだけどなぁ。

やっぱり私は、社会に適応できない落ちこぼれなのだ。

ひとつ年齢を重ねても、ちっとも大人になどなっていない。来年で三十歳になるというのに、私の中身は子どものまんまだ。知らない人が怖くて、どうしても近づけないまま、歳をとり、外見だけが老けていく。

結局、バースデーランチはいつも通りコジマさんの家に買い置きしてあるレトルトのカレーになった。まぁ、それはそれでおいしいけど。

通勤途中にある農家さんの庭先の、青くて小さかった柿の実がぷっくりと膨らんで鮮やかなオレンジに色づく頃、コジマさんは人生を卒業した。

朝、いつものように私が行くと、コジマさんがベッドの上で動かなくなっていた。本当に、ひっそりとカーテンを閉じるような人生のしまい方だった。

私と初めて会った時、コジマさんは私をまっすぐに見て言ったっけ。

絶対に胃ろうと人工呼吸器はせず、植物が朽ち果てるように人生を終えたいんです、と。まさに、コジマさんはその意思を貫き、その通りの人生の終え方を成し遂げた。

あまりにその顔が安らかなので、私はコジマさんが演技で死んだふりをしているのではないかと疑ったほどだ。

厳《おごそ》か、なんて表現を日常生活で使うことは滅多にないけれど、私はコジマさんの死を、とてつもなく厳かだと感じた。コジマさんの周りには、神聖な気配が満ちていた。

コジマさんの寝具には、乱れた形跡が一切なかった。もしかするとコジマさんは、この日に人生が終わるということを自ら悟っていたのかもしれない。私の目には、人の抜け殻のようにしか見えなかったけれど、コジマさん本人にすら自覚できないコジマさんのどこかでは、何かが生き生きと輝き続けていたのかもしれない。

すぐにかかりつけのお医者さんが来てくれて、コジマさんの死亡診断書を書いてくれた。これで、正式にコジマさんの死が確定した。

お医者さんに同行して来てくれた看護師さんにエンゼルケアをお願いし、できることを私もお手伝いする。

小一時間後、コジマさんはすっかり旅支度を整えた。安心しきった、満足そうな表情を浮かべている。おそらくこれが、コジマさん本来の姿なのだろうと私は思った。できることなら、その頃のコジマさんに会いたかった。旅立ちの衣装に、地味な濃紺のスーツを選んでいた。なんとなく、コジマさんがそれを望んでいるように感じたので、ふたりが帰ってから、私はコジマさんにハンドマッサージをすることにした。

こういう場面で用いるのにどの精油がいいのかは、いくら想像を巡らせてもわからなかった。わからなかったので、もう目を閉じて適当に選ぶしかなかった。小箱の中には、二十本以上の精油たちが、お行儀よく小人のように整列している。

小さな瓶を持ち上げる時、ふと、コジマさんの冷たい指先が私の指に触れたような気がした。私が手にしていたのは、フランキンセンスだ。

久しぶりに、フランキンセンスの蓋《ふた》を開ける。

ゆっくりと香りを吸い上げた瞬間、ところどころ陽の差す明るい森を、コジマさんと腕を組んで歩いているような気分になる。決して華やかではないけれど、奥深くて爽やかな、ほんのりと甘い香り。フランキンセンスは、いつだって新しい何かが始まりそうな予感をもたらす。

まだ、アロマテラピーの世界に足を踏み込んで間もない頃、魂に響く香りだという説明を読んで興味を持ち、奮発して手に入れたのだ。他に紹介されていたローズやネロリに較べて値段が安かったことも、フランキンセンスに手が伸びた理由だったかもしれない。

ただ、実際にこの精油を使うことは滅多になく、所有していたこと自体ほぼ忘れていた。

ベースとなるホホバオイルを小皿に広げ、そこにフランキンセンスの雫《しずく》を数滴垂らす。それを、人差し指で時計回りに円を描くようにしながらなじませる。

まずは正装したコジマさんの白いワイシャツの袖《そで》をまくり、手の甲や腕にオイルを垂らし、全体に広げた。以前から、コジマさんの手は私以上に冷たかった。冷たいだけでなく、筋肉が落ちたせいで壊れそうだった。だからいつも、少しでも自分の体温をコジマさんに分けてあげるようなつもりで、傷つけないよう丁寧に両手で手のひらを包み込んでいた。

よく考えると、死んだ人に触れるのは初めてだ。けれど、コジマさんの体に触れるのは怖くなかった。というか、目の前のコジマさんを「死体」と割り切ってしまう感覚が、私にはなかった。

コジマさんは昨日までもじょじょに死に向かっていたし、生きているとされていた時だって、その一部はすでに死んでいたような気がする。心臓の動きや呼吸が止まったのを境にして、きっぱり「生」と「死」に分かれるのではなく、曖昧なグレーゾーンが存在するように感じる。

コジマさんの場合は、そのグレーゾーンの時間がとりわけ長かった。だから、逆に言えば、今もコジマさんのどこかはまだ生きているのかもしれない。

思い返すと、コジマさんは一度だって、私に対して乱暴な言葉を放ったり、手をあげたりしたことがない。コジマさんと同じ病を抱えた人の中には、笑ったかと思えば急に泣いたりと、感情のコントロールをするのが難しくなる人もいるらしいが、コジマさんが自分自身に対して苛立《いらだ》ちを向けることは多少あっても、私に対して暴力的な態度をとったことは一度もなかった。

私がコジマさんを信用するようになったのは、コジマさんがそういう態度を貫《つらぬ》いてくれたからだ。この病気は最終的に認知症を発症すると言われているが、コジマさんはどんなに物忘れがひどくなっても、オムツを穿くようになっても、やっぱり第一印象のまま、紳士的な人だった。きっと、これまでのコジマさんの生き方が、最後までそうさせたのだと思う。

なんていうか、コジマさんの生き方は、足元にある小さな野の花を踏んでしまわないように常に注意しながら歩くような感じなのだ。私のような小娘がそんなことを言うのはおこがましいにも程があるけど、コジマさんは本当に立派だった。目立たないけれど、素晴らしい人生を歩まれたのだと、心の中で拍手喝采《かっさい》を送りたくなる。

そんなコジマさんの人生を労《ねぎら》うような気持ちで、ハンドマッサージをやった。

特に、涙は出なかった。ただ、コジマさんとの約束を最後まで守りきることができたことに、私は安堵していた。路頭に迷っていた私に安定して暮らせる場所を与えたくれたコジマさんには、もう感謝の気持ちしかない。

「ありがとうございました」

コジマさんの手のひらに向かって、私はお礼を言った。

「長い間、本当にお疲れ様でした」

思い返すと、コジマさんは、事あるごとに私に対してお礼の言葉を口にした。食事を終えて、食べ物のかすが口の横についているのをタオルで拭き取っただけなのに、ありがとう。

散歩に行きたいというので、コジマさんのスニーカーの靴ひもを結んだだけなのに、ありがとう。

耳に残るのは、コジマさんのありがとうの声ばかりだ。でも、コジマさんにお礼を言わなくちゃいけないのは、私なのだ。私の方こそ、コジマさんに大声でありがとうと伝えたかった。伝える代わりに、私は熱心にコジマさんの手をマッサージした。

私がどこに連絡をして、何をすべきかは、すべてコジマさんがずいぶん前から一覧表にして印刷してくれていた。だから私は、特に戸惑うこともなく、淡々とコジマさんの指示通りに動けばそれでよかった。

お昼近くになって、訪問入浴や訪問マッサージに通ってくれていたスタッフさんたちも、花束を手向《たむ》けにわざわざ忙しい合間をぬって来てくれた。コジマさんが、皆さんから大事に思われていた証拠だ。

その誰もが、コジマさんを見て、いいお顔をしてますね、と言ってくれた。私には、それが嬉しかった。コジマさんの顔が苦痛に歪《ゆが》んでいたら、きっとこんなにも穏やかなお別れの時間は流れなかったはずだ。

私が家にいる時間帯ではなく、コジマさんがひとりでいる時に旅立ったというのも、なんとなくコジマさんは自らの美学を貫いたように感じた。コジマさんはいつだって、私に余計な負担がかからないよう、そのことばかり気にかけていた。

コジマさんの指示通り、地元の葬儀社に連絡し、コジマさんの遺体を引き取りに来てもらう。死亡したことをすぐに知らせるような親族はいないとのことなので、私は特に誰にも連絡をしなかった。お葬式も戒名《かいみょう》も、いらないそうだ。

コジマさんがいなくなると、急に家の中ががらんとして、寒々しく感じた。まだ暖房を入れるような季節ではないはずなのに、寒くて寒くて仕方なかった。前のシーズンに残っていたカイロを出してきて、それをポケットに入れて寒さをしのぐ。

部屋のカーテンを閉めようとして、ふと外に置いてあるアロエと目が合った。アロエもまた、コジマさんがいなくなったことを敏感に感じているような気がした。私は、アロエの鉢植えをアパートに連れて帰ることにした。

玄関先で自分の靴を履こうとして、コジマさんのスニーカーがあるのに気づく。真っ白いスニーカーが、ぽかんと口を開けてコジマさんの足が降りてくるのを辛抱強く待っている。

仕立てのいいスーツにこのスニーカーという出で立ちは、もしかするとコジマさんの美意識に反するかもしれない。私が気づいていなかっただけで、実はコジマさんはなかなかオシャレだった。決して派手ではないけれど、洋服ダンスに整然と並んでいたのは、どれもいい素材の服ばかりだ。

でも、歩くには靴が必要だ。

コジマさんは、火葬の場には私が席を外しても問題ないようにしておくと言ってくれたが、私はどうしても、コジマさんにこのスニーカーを届けたくなった。やっぱり、コジマさんの骨を拾うのは、私の役目であるように思う。これは、コジマさんの指示ではなく、私が自分で決めたことだ。

もう一度寒い家の中に戻り、台所の棚からきれいな紙袋を探し出す。その中に、コジマさんのスニーカーをそっとしのばせた。

コジマさんの家に鍵をかけ、ママチャリの前カゴにスニーカーを、後ろのカゴにはアロエの鉢植えを入れて漕ぎ始めた。

最初はバランスを取るためゆっくりと、それからじょじょにスピードを上げて。

夜空には、ぽつぽつと星が出ている。星は、コジマさんの顔に浮かんでいたホクロみたいに、すごく小さい。

角を曲がると、向こうにお弁当屋さんが見えた。まだ明かりがついている。外には、「リムジン弁当」という看板も出ている。

よく考えると、朝から何も食べていない。そのことに気づいたら、急におなかがすいてきた。

少しずつスピードを落とし、店の前で自転車を停める。バランスを取りながら、ママチャリを駐輪スペースまで移動させた。アロエの鉢植えはそのままにし、自分のバッグとスニーカーの入った紙袋だけを持って店の扉を押し開けた。

「こんばんはぁ」

出迎えてくれたのは、白い割烹着《かっぽうぎ》を着た年若い男性である。その声が、あったかい湯気みたいに、私をそっと包み込んだ。

「あの、お弁当ってまだ買えますか?」

思いの外、言葉がすんなりと出て自分でもびっくりした。

メガネなんてかけてないはずなのに、一瞬、目の前の光景がくもって見える。しばらく間を置いてから、

「あ、大丈夫ですよ。最後のひとつが残ってます」

朗らかな口調で店主が言った。物腰が柔らかくて、私はつい女の人と話しているような気分になる。言葉の端々に突き出たとんがりを、丁寧にノミでそぎ落とし、更に丹念にヤスリをかけて表面をならしたような喋り方だ。

「おいくらですか?」

私がたずねると、

「これはエスだから、六百円で」

店主が言う。エスというわりに、店主が両手で持つお弁当はふつうの大きさである。その時、

「(店内でお食事の方に限り)お味噌汁一杯100円」と書かれた紙が目に入った。

「ここで食べることもできるんですか?」

おずおずとたずねてみる。可能なら、今すぐお味噌汁が飲みたい。さっきから、寒さで体が震えている。

「そこにある四人掛けのテーブルが、なんちゃってイートインスペースです。まぁ、実際のところは、おばあちゃんたちの溜まり場っていうか。そこでよければ、どうぞ店内で召し上がってください。

井戸端会議用に、店の一角を提供してるだけですけどね。近所のおばあちゃんたち、たまに

年下の若いおじいちゃんも乱入しますけど、お昼に集まってここで一緒にお弁当を食べるのを楽しみにしているんで」

四人掛けのテーブルの上には、野菜の入った段ボール箱やボウルなどの調理器具が無造作に置かれている。

「イートインにしますか？」

店主の言葉に、

「いいんですか？」

思わず、真剣になった。

「じゃあ、すぐに片づけますね」

カウンターから出てきた店主が、テーブルの上の段ボール箱を移動させる。不思議な感じで背が高いと思ったら、素足に下駄を履いているのだった。白い割烹着が、とてもよく似合っている。

何もなくなったテーブルの上を、店主が台布巾で手早く拭いた。

「どうぞ、座って待っててください。今、お弁当を温めますから」

「あのぉ、お味噌汁もいいですか？」

勇気をふりしぼって、店主の背中に声をかける。すると、

「もちろんです。ただ、うちの店、極力セルフサービスでお願いしてるんで、申し訳ないんですけど、ご自分でやってもらっていいですか？

カウンターの横にある壺に味噌汁の素が入っているので、それをご自分の好きな濃さになる

くらいの量をお椀に入れて、ポットに入っているお湯を注いで溶かしてください。ネギは、保存容器に入れてあります。お湯は、ぬるくなっているかもしれないので、一応、再沸騰させた方がいいかもです」

一気にいろんなことを言われたので、ちょっと頭が混乱する。

店主の言葉を思い出しながら、立ち上がってカウンターの横を捜索した。いろんな物が置かれていて雑然としている印象を受けるが、決して不潔ではない。埃なんか、どこにもたまっていなかった。

これかな、と思って飴色の壺の蓋を持ち上げると、中に味噌が入っている。その瞬間、ものすごーく、いい香りがした。なんていうか、生きている躍動的な香りがする。

その味噌を、スプーンですくってお椀に移した。そのままポットのお湯を入れそうになったので、慌てて再沸騰のボタンに指を伸ばす。

お湯が沸くのを待ちながら、店内をぐるりと見回した。壁には、子どもが描いたと思われるクレヨン画や、額縁に入ったセピア色の写真の他、藁《わら》で作った防寒具のようなものやお面などが飾ってある。まるで、古いものを集めたちょっとした私設博物館のようだ。

ぼんやりと店の中を眺めていると、厨房の奥にある電子レンジから音がして、店主がお弁当を取り出し、トレーにのせて持ってきてくれた。

ポットの再沸騰が完了したのを確かめ、お椀に熱々のお湯を注ぐ。保存容器の蓋を開け、お味噌汁の表面に刻みネギを浮かべた。味噌の素の中にワカメが入っていたらしく、お椀の中でふわりとワカメが広がった。味噌の、芳醇な香りにめまいがする。

こぼさないよう慎重に運び、トレーにのせた。紙製のお弁当箱の蓋を開け、いただきますをする。小さな声でつぶやいたはずなのに、店主にまで私の声が聞こえたらしい。

「どうぞぉ」

柔らかな、明るい声が厨房から届いた。

明日のお弁当のおかずの仕込みだろうか。店主は水を張ったボウルの中で、泥のついた人参を熱心に洗っている。その姿をたまに見つつ、私はお弁当を食べ始めた。

まずはお味噌汁を一口すする。やっぱり、私の体は相当冷えていたようだ。お味噌汁のぬくもりが、五臓六腑へと目に見えるようにしみわたっていく。

次に、ご飯を口に運ぶ。ご飯は、ふつうの白米ではなく、全体的に薄い紫色をした雑穀米だった。お米の中に、緑色の丸いのや、細長い黒いのや、小さな黄色い粒つぶが交じっている。

雑穀ご飯の一角には、甘酢で漬けた生姜と、小さな梅干しがのっている。

ご飯とお味噌汁だけでも十分おなかが満たされそうなのに、その上おかずまで充実している。レンジでチンしたせいで、ポテトサラダはほんのり温かかった。マカロニの他に、リンゴと胡瓜《きゅうり》が入っている。

エビフライかと思って口に含んだのは、人参のフライだった。不思議なくらい衣がサクサクで、かかっているソースがまた甘酸っぱくておいしい。人参のフライの下には、刻んだレタスが、ビーズクッションみたいに敷いてある。

なめたけは、途中から雑穀ご飯の上にこんもりとかけて口に入れた。薄味でさらっとしているから、ご飯にたくさんのせても口の中がしょっぱくならない。がんもどきに箸《はし》をさし、がぶりと口に含んだ瞬間、じゅわっと瞳の表面に涙がたまった。口の中いっぱいに、ほんのりと甘いお出汁の味が広がる。このお弁当を、コジマさんにも食べさせてあげたかった。

そうはっきりと心の中でつぶやいたら、ぽろんと大粒の涙がこぼれ落ちた。構わず、お味噌汁をすする。涙が止められないまま、あつあつのお味噌汁を食道へと流し込む。

がんもどきに添えてある大根もごぼうも、柔らかく炊いてある。これなら、コジマさんだってゆっくり噛《か》んだら食べられたかもしれない。でも、もうコジマさんはあの家にいないのだ。

鼻水が垂れそうになり、慌てて思いっきりすすり上げたら、思わず大きな音が響いてしまい、店主とばっちり目が合った。

「大丈夫ですか?」

まるで、道端で転んだお年寄りに優しくかけ寄るような言い方で、私の方をじっと見ている。

「実は今日、父かもしれない人が亡くなったんです」

精一杯おなかに力を込めて、私は言った。

コジマさんというひとりの人間が亡くなったという事実を、誰かに知ってほしかった。誰彼構わず言いふらしたいわけではなかったが、ひとりでも多くの心ある人物に、私はコジマさんという人がこの世に存在したことを知らせたいような衝動にかられていた。このお弁当を作った人になら、コジマさんの人となりが、少しはわかってもらえるかもしれない。

「そうなんですね」

ちょっと困ったような笑みを浮かべて、店主は言った。それから、再び人参の皮をむき始めた。そのたびに、スー、スー、と動物の寝息のような音がする。

しばらくして、店主が言った。

「味噌汁、よかったらおかわりしてくださいね。おかわりは自由ですので」

「ありがとうございます」

実は、さっきお椀に入れた味噌の量が、遠慮して少なめに取ってしまったため気持ち味が薄かった。まだおかずもご飯も残っている。お言葉に甘えて、私はもう一杯、お味噌汁をもらうことにした。今度は、さっきよりもたっぷりめに味噌をよそう。

「手前味噌で作っているんですよ」

私がお湯を注ごうとするタイミングで、作業を続けながら店主が言った。

「本当は大豆も自分で育てたりしたいんですけど。なかなかそこまではできてなくて。でも、自分で言うのもなんだけど、味噌、おいしいでしょう?

味噌ってね、塩と麹と大豆さえあれば、誰でも簡単にできるんです」

「そうなんですか?」

自分で味噌を作ってみようなんて、私はこれまで生きてきて一度だって思ったためしがない。でも、この人にとっては自分で味噌を作ることは当たり前なのだ。それだけで、店主が偉大な人物に思えてくる。

「味噌の中にね、鰹節の粉とか煮干しの粉とかを混ぜてあるから、それさえ準備しておけば、あとはお湯を注ぐだけでちゃんとしたお味噌汁が飲めて便利なんです。

味噌は、春と秋、半年に一回ずつ、手前味噌教室を開いてみんなでここで仕込むんですけど、一回教室に参加して作り方を覚えると、あとはみなさん、ご自宅で自分で作るようになりますよ」

今度はちょうどよい濃さになっていることを祈りながら、慎重にお味噌汁の入ったお椀を席まで運ぶ。

ゆっくりと歩きながら、一枚の写真に目が釘づけになった。男性のような、女性のような、パッと見ただけではどちらか判断できないような雰囲気の人物が、小さな男の子を肩車して笑っている。その笑顔がものすごく素敵で、私は思わず立ち止まって見入っていた。

「それ、僕なんです」

「えっ？」

驚いて、思わず店主の顔を凝視した。一瞬、素敵な笑顔の人物が店主なのかと勘違いしそうになる。でも、僕というのは肩車されている男の子の方だった。冬なのか、男の子は分厚い半《はん》纏《てん》のようなものを着せられ、よく見ると泣いた後のような表情を浮かべている。小さな手に握っているのは、齧《かじ》りかけのリンゴのようだ。

「オジバと僕です」

店主は、右手に人参、左手にピーラーを持ったまま言った。視線の先には、その写真がある。

「オジバ？」

今まで聞いたことのない言葉だった。

「じいちゃん？　いや、ばあちゃんか？　でもやっぱじいちゃんなのかな？　とにかく、おじいちゃんとおばあちゃんを合わせて、オジバ。物心つく頃から、そう呼んでて。肉体としては、もう死んじゃったんですけど」

「おじいちゃん？　ですか？」

「うーん、オジバはオジバでしかないから、なかなかうまく説明するのが難しいんですけど。オジバ、体は男性に生まれたけど、中身は女性っていう人でした。今だと、トランスジェンダーって言うのかな」

店主は言った。そして、続けた。

「オジバは昔この近くでラブホテルを経営してて、僕はそこに捨てられてた捨て子です。そんな僕を引き取って育ててくれたのがオジバなんです。だから、オジバは僕の親代わりっていうか。親そのものかな」

一枚の写真の中に含まれた情報の多さに、私は理解するスピードが追いつかない。

「すみません、僕が話しかけたら、味噌汁が冷めちゃいますね。どうぞ気にしないで召し上がってください」

話の内容に圧倒され固まっている私に気づいたのか、店主が私に食事を続けるよう促した。

スー、スー、と店主が人参の皮をむく音を聞きながら、残っていたご飯やおかずを咀嚼《そしゃく》した。いつの間にか、涙は乾いている。店主の話す内容にびっくりしたものだから、あの時胸に沸き起こった悲しみも、ここはひとまず退散した方が賢明と判断したのかもしれない。自分のことを、さらりと捨て子と言えちゃうなんて、やっぱりこの店主はただ者ではないと思った。

もう一度、残りのがんもどきに齧りつく。口の中にふくよかなお出汁がほとばしるだけで、もう涙はこぼれなかった。

お弁当をすべて食べ終わると、胃袋にぎゅぎゅっと何かエネルギーのかたまりみたいなものが隙間なく詰まったのを感じた。お椀の底に残っていた大豆の欠片《かけら》も、残さずに口に入れて完食した。

お弁当の紙の蓋を閉じたタイミングで、店主がコップにお茶を注いでもってきてくれる。コジマさんが好きだったほうじ茶だ。

「よかったら、これデザートにどうぞ。僕からのほんの気持ちです。お香典が餡《あん》パン一個っていうのも、なんだけど。

さっきちゃんと、ご愁傷《しゅうしょう》さまですって言えなかったから。僕、なんだかそういうかしこまったのが苦手で。

おなかがいっぱいだったら、お土産に持って帰って明日の朝にでも、もう一回軽くオーブントースターで焼いてから食べてください。レンチンでもいいですし。

明日はオジバの月命日だから、お供え用にさっき餡パンを焼いたんです」

言いながら、私の前にラップで包んだ餡パンを置いた。

ふっくらと黄金色に焼けた餡パンは、真ん中に黒ごまがかかっていて、表面はつやつやと光っている。餡パンはまるで、オジバに肩車されている男の子、つまり目の前に立つ店主の、幼い頃の顔みたいにまん丸だった。

「オジバさんのことが、好きだったんですね」

亡くなってからもうどれくらい経《た》つのかわからないけれど、月命日ごとに餡パンを焼くというのだから、オジバへの愛情はよっぽど深いのだろう。

「最高にチャーミングでかっこよくて、唯一無二の人っていうのかな。僕の命の恩人でもあるし。僕に、あらゆる生きる知恵みたいなのを授けてくれた人で、今なお、大切なことを教え続けてくれてるんです」

店主は、ものすごく穏やかな表情を浮かべて言った。

「お代は、どうしたらいいですか?」

まだお弁当とお味噌汁のお金を払っていないことに気づいて、私はたずねた。

「えーっと、お金はあそこのガラスの瓶《びん》に入れておいてください。おつりが必要な場合は、中から取って結構です。今日は精進のお弁当がひとつと味噌汁なので、七百円になります。消費税はめんどくさいのでサービスです」

そっか、エスというのは小さい方の意味ではなく、精進の頭文字なのかもしれないと思いながら、お財布を開けた。

お金が入っているのは、よく果実酒などを漬ける時に使われるような赤い蓋の保存瓶だ。お財布の中に千円札しかなかったので、蓋を外してまずは千円札を入れ、底からおつりとして百円玉を三枚取り出す。

「ごちそうさまでした」

私が店を出ようとすると、店主がわざわざ外まで来て見送ってくれた。さっきまで寒かったのが嘘みたいに、夜の向こうから吹いてくる風がほんのり暖かく感じられる。

「おやすみなさい」

なんとなく振り向きたいような気持ちをこらえて、ママチャリを前へと走らせる。

明日、コジマさんの家に行っても、もうコジマさんはいない。そのことを自分自身に言い聞かせるような気持ちで、空を見上げた。

ひとつ、ふたつ、みっつ、よっつ。

一瞬、曇っていて星なんか出ていないと思った夜空にも、目をこらしてよく見渡せば、かすかな光がまたたいている。

一生懸命ペダルを漕いでいたら、ふと、植物の香りがした。

フランキンセンスだ。

コジマさんにハンドマッサージをした時、私の着ていたシャツのどこかに精油が落ちたか、香りが移っていたらしい。

冬眠していた香りがたった今ふぅっと目を覚ましたように、爽やかでほのかに甘い香りが、夜の闇に広がっていく。

そっか、そういうことだったのか。

コジマさんは、私の魂を癒《いや》すために、フランキンセンスを選んでくれたのだ。私がコジマさんを労《いた》わったつもりになっていたけれど、真相は真逆で、コジマさんが私をこの香りを使って慰《なぐさ》めてくれているのだ。

やっぱり明日、もう一度コジマさんに会いに行こう。

コジマさんに、ちゃんとスニーカーを履かせて、しっかりと旅立ちを見届けよう。

そして火葬が済んだらコジマさんの骨を大事に拾って、無事にすべてをやり遂げたら、青空の下で餡パンを食べよう。

結局、私は一度だってコジマさんを「お父さん」と呼んであげなかった。リップサービスでもなんでもいいから、一回くらい、そう呼んであげればよかった。

そう思ったら、後悔の気持ちがみるみる押し寄せて、また泣きそうになった。でも、ぐっと踏ん張って涙を堪《こら》えた。

星が綺麗だったから。

その星の光を、悲しみの涙に邪魔されたくなかったのだ。

第二章　小鳥の人生

ねぇ。

あの人の声がする。

小鳥ちゃん？　そこにいるんでしょ。お願い、持ってきて。

鼻にかかったような甘えた声で、あの人が囁《ささや》く。

それが何時だろうとお構いなしに。

私を産み落としたというその人は、親しげに私を、小鳥ちゃん、と呼んだ。

私は毎回、息を殺し、一枚の扉で隔《へだ》てられた向こう側で行われている行為が終わるのを、体を固くして待っていた。

一度、あの人が誰かにいじめられていると勘違いして、助けようと扉を開けたことがある。駆け寄ってあの人の胸元にしがみついたら、邪険に追い払われた。

以来、あの人に名前を呼ばれるまでは、決して扉を開けず、じっとその場所で石のように控えるようになった。耐え忍ぶという行為は、私が長年時間をかけて培《つちか》った才能かもしれない。

あの頃、両方の小さな膝《ひざ》だけが、私の味方だった。

膝小僧たちは、薄暗闇の中、荒波に浮かぶ浮きのように淡く光っていた。私は、浮きにしがみつくような気持ちで、毎晩その場所に顔をうずめ、それが終わるのを辛抱強く待っていた。

私は、自分の膝がどんな味をしているのかを知り尽くしている。時に激しくその場所に吸いつき、それでも足りない時は無意識に嚙んだりしていたのだろう。あの人に名前を呼ばれて立ち上がる頃には、膝にはくっきりとした歯型がつき、膝小僧全体が赤く腫れ上がっていた。

自分で自分を食べてしまえたら楽だったのかもしれない。そうすれば、私は世界から跡形なく消えることができた。でも、もしも自分で自分の体を食べることができたら、本当にそこにはもう何も残らないのだろうか。私には、いまだにそれがわからない。

小鳥ちゃん。

その声が聞こえても、しばらくは体が固まってしまったせいで、うまく立ち上がることができなかった。比喩ではなく、本当に、体が凍りついてしまうのだ。石になる魔法は、少しずつ意識をこの胸に戻さないと、すぐにはとけなかった。

自分で自分に温かい息を吹きかけることで、私はようやく凍《い》てついた鎖《くさり》の輪っかから抜け出すことができた。身体中に絡《から》みついた重たく冷たい鎖を自力でほどき、時間をかけて立ち上がり、そばにあるティッシュの箱に手を伸ばす。

それから、ゆっくりと扉を開けた。なるべくその光景を見ないように、目を逸《そ》らしながら。

でも、どうしたって目に入ってしまう。そこには、四つの目玉がある。ふたつの目玉はよく知っている人物のものだが、残りふたつの目玉に関しては、何度か見たことがある場合もあったし、一度きりの場合もあった。たいていそこには、衣服を脱ぎ捨て、裸になった男女の手足が、入り乱れて無造作に横たわっている。

男の腕に抱かれたまま、あの人は私が持つティッシュの箱から数枚ティッシュを抜き取って、それを自分の足と足の間に滑り込ませる。そうして数秒後、はい、と私に使用済みのティッシュを手渡すのだ。それを受け取るのが、私の役目だった。

小鳥ちゃんも、こっちに来ない？

来ない？　という言葉の割に、あの人は有無を言わさぬ強い力で私の腕を取り、強引に自分の胸元に引き寄せようとする。

本能的に、私はそれを拒絶した。なぜだか理由ははっきりわからなかったが、そこは自分の居場所ではないと、体が強く主張したのだ。それでも、何回かに一回は抗《あらが》いきれず、バランスを崩して裸の男女の海に溺《おぼ》れた。

あの人の体は柔らかく、熱を帯びていた。私は一瞬、そのぬくもりに、自らの身を預けそうになる。

でも、やっぱりできない。体が、強く拒絶する。

だって、裸の見知らぬ男と、同じく裸の母親と、私。この三人が、一枚の布団の上で川の字に並んでいるなんて、滑稽《こっけい》以外の、何ものでもない。正義感の強い神様がその様を上から見たら、罵って罰を下すだろう。

でも、そんなことをしてくれる親切な神様は、私の周りにはどこにも存在しなかった。

そのうち、また男女の睦みごとが始まりそうになると、私はあっけなく除《の》け者にされ、部屋を追い出された。

あの人が使って丸めた湿ったティッシュを握りしめ、幽霊のように立ち上がり、音を立てずに扉を閉める。ティッシュをゴミ箱に投げ捨てると、両手に石鹸を擦りつけ、冷たい水で手を清めた。

そういうことがひっきりなしに続くせいで、私はいつも眠くて眠くて仕方がなかった。母親たちが静かになった後も、私自身が心安らかに眠ることなど無理だった。慢性的な寝不足のせいで、気がつくと、学校では居眠りばかりする評判の悪い児童になっていた。

今から思えば、母は依存症だったのだと思う。

彼女が自らクリニックへ赴《おもむ》き、専門医に病名を下されたわけではないから確かなことは言えないけれど。総合的に判断すると、あの状況というか現実は、そうとしか思えない。あの人は、自らの体が男に抱かれ、弄《もてあそ》ばれなければ生きていけない性分だったのだ。

でも、そんなこと、幼い自分に理解できるわけがない。

冷静に考えると、あの頃の私は、とにかく怖かったのだ。

この人に家を追い出されてしまうことが。

この人の庇護《ひご》なしでは生きていけないということを、私は幼いながらに理解していた。だから私は、毎晩毎晩目を開けたまま、従順なメイドのようにかしずいて、ティッシュの箱を届けた。それが、この家での自分の役割であると理解し、それさえしていれば、この家から追い出されないで済むと頑《かたく》なに信じていたのだ。笑ってしまう。

父親のような役割を担う人物は、私が物心つく頃から家にいなかった。だから私はずっと、あの人とふたりだけで生きてきた。母と肉体関係のある男が家に居つくことは、ほとんどなかった。

だから、というのも脈絡がないかもしれないが、とにかく私は必死だったのだ。母に捨てられないように。だって、母に見捨てられたら学校に行けなくなる。私は、学校が好きだった。そこだけは、自分の人生から奪われずにいてほしかった。

あの人に執着したのではなく、私は学校にしがみついたのかもしれない。そのために、私は歯を食いしばって耐え忍んだ。

それに、それ以外の面で、あの人はいたって良心的であり常識的だった。若くして会社経営者として身を立て、シングルマザーながら立派に一人娘を育てている自立した女性。それが、あの人に対する、世間一般からの眼差しだった。

食事は毎食栄養のバランスを考えたものをお手伝いさんが用意してくれたし、服が破れていたりボタンが取れかかっていたり、靴下に穴が開いているなんてこともない。娘の身なりを繕《つくろ》うことに関して、あの人はとても熱心な母親だった。

私は私立の小中一貫校に通っていたが、学費が滞納されることもない。具合が悪くなれば病院にも連れて行ってもらえたし、当たり前のように歯の矯正だってしてもらっていた。お風呂に入れてもらえないせいで、私の体から異臭がするなどありえなかった。

つまり、私の場合わかりやすい形でのネグレクトでは決してなかった。ネグレクトどころか、世間からあの人は、模範的な母親のようにすら見られていた。

ただ、どうしようもないほどセックスに頼らなければ生きていけない性分だったのは間違いない。それはそれで大変だったのだろうと、今なら私なりに理解できるが。

授業中は寝てばかりいるやる気のない児童だったものの、それでも私は学校という場所と空間を愛していた。学校にいると、なぜか緊張がとけて安らげた。その安心感が、途方もない眠りにつながった。家で眠れない分、私は学校で睡眠をむさぼった。

家ではほとんど眠れないのに、学校でなら深く眠ることができた。先生が黒板に板書するチョークの音や、クラスメイトの笑い声、遠くから聞こえて来る合唱を子守唄にしながら。授業中のまどろみこそ、当時の私にとっては何にも勝る安らぎであり、幸福そのものだった。

けれど、そんな現実を周囲から理解されるはずがない。

表向きは親がちゃんとしていたので、授業中寝てばかりいる私は、私自身に問題があると見なされた。私は、教師たちから、無気力で集中力がない、堕落した児童だという烙印《らくいん》を押され続けた。

一度、無理やりカウンセリングを受けさせられたことがある。私の身を案じた保健室の先生が、厚意で私を知り合いのカウンセラーに会わせたのだ。小学三年か四年の頃だった。

けれど、私は愕然《がくぜん》とした。そのカウンセラーが無知すぎて、無能すぎて、お気楽すぎて、私の眠気が一気に吹き飛ぶほどだった。

あまりにも強烈な印象だったので、私は今でも、あの時のやりとりを鮮明に思い出すことができる。

「小鳥ちゃんは、どうして、いっつもそんなに眠いのかなぁ？」

単刀直入に、そのカウンセラーは私にたずねた。

私は、黙ったままその質問を聞こえなかったことにした。

もともと、カウンセリングに期待していたわけではない。せいぜい、周りにいる教師たちに毛が生えた程度のものだろうとは、最初から予測がついていた。でも、そのカウンセラーは私の想像をはるかに超えて、カウンセリングセンスのない人だった。

どうして？　って簡単に聞くが、それがうまく言葉で言えれば、ここまで苦労などしていないのだ。それでよくプロのカウンセラーが務まるものだと、私は内心あざけりの微笑を浮かべていた。早く、この無意味なカウンセリングが終了することを切に祈った。

私が黙ったままでいると、カウンセラーは更に続けて質問した。

「小鳥ちゃんは、昼と夜が逆転してしまっているみたいだけど、夜中にこっそり、お母さんに内緒でマンガを読んだり、してない？　そうするとね、大人でも昼間に眠くなってしまうんだよ」

このまま無視し続けていると、ますますとんちんかんな質問が飛んでくるのが予想されたので、私は短く、いいえ、とだけ答えた。それは決して嘘ではない。

「夜になると、頭が冴えて眠れなくなってしまうんです」

これも嘘には入らない、と思いながら、私は言った。この言葉に目の前のカウンセラーがどう反応するのか知りたいという、ちょっとした好奇心も芽生えていた。

「もしかして、夜が怖い？　先生もね、子どもの頃、夜、寝るのが怖くてね。それで毎晩、ママに本を読んでもらってたんだ。そうすると、いつの間にか寝ちゃって朝になってたの。お友達には恥ずかしくて言えなかったけど、今の小鳥ちゃんぐらいの年齢の時、ママに添い寝してもらってたんだよ。

小鳥ちゃんは？　眠る時、ママに、本を読んでもらったり、してる？」

ママという響きがうざったくて、そのたびに、無理やり口の中にキャラメルを突っ込まれたような不快な気分になる。

「してません」

私は、前回以上にきっぱりと答えた。だんだん、このカウンセラーと話をしているのが、腹立たしく感じるようになっていた。そもそも、本を読みながら添い寝してくれる優しいママがいないから、困っているのではないか。

きっとこの人は、とても幸せで、恵まれた人なのだ。まさか、目の前にいる小学生が、母親のセックスによって毎晩眠れない夜を過ごしているなどとは、想像だにしないのだろう。この人の人生に、そんな選択肢ははなから存在すらしていないのだ。

そう気づいた瞬間、私ははっきりと自分の人生を自覚した。自分は、貧乏くじを引いたのだと。

「小鳥ちゃんが家で夜眠れないこと、お母さんは知ってるんだよね？　相談した？」

その人が尚もかわいらしい質問を重ねるので、私はつい、鼻で笑ってしまう。すると今度は、「おかしい？　何か私、おかしなこと言った？」

小鳥ちゃんのためを思って、今、こうしてあなたの話を聞いてあげているのに、と言いそうになるのを、その人はすんでのところで前歯の裏側に押しとどめている。

「おかしくありません。すみませんでした」

私は素直に謝った。これでは、どっちがどっちのカウンセリングをしているのかわからないではないか。

だって、私がカウンセラーに気をつかってどうするんだ。私はこの状況を鳥の目線で見て、またおかしくなる。おかしくなったが、もう鼻で笑ったりはしなかった。いちいちムカつかれるのは、面倒臭い。

「どうしても眠れないのであれば、あんまりお勧めしたくはないけど、導眠剤っていうのがあってね」

最後の切り札を差し出すように、その人はもったいぶって言った。

「どう、みん、ざい？」

おっかなびっくり口に出してつぶやくと、それはなんだか何かを犯した罪のような響きになる。

私には、初めて耳にする言葉だった。一体、どんな罪を犯せばその、どう、みん、ざい、がもらえるのか興味がわいた。

「そう、睡眠導入剤。眠くなるお薬のこと。頭が冴えて眠れなくなったり、不安で朝まで寝つけなくなると、先生もたまに導眠剤のお世話になるの」

なんのことはない、人から相談を受けるカウンセラーにだって、眠るためのお薬が必要なのだ。

「手に入れるには、私じゃなくて、ちゃんとしたお医者さんの処方が必要だけどね」

その人は眉毛をハの字に下げ、敗北を認めるような表情を浮かべて言った。けれど、睡眠導入剤なるものが世の中に存在することを知れたことは、その日のカウンセリングの一番の収穫だった。

それからすぐに、私は導眠剤を入手した。手に入れるのは、お茶の子さいさいだった。

けれど、効き目はあっという間に私の体から立ち去った。眠るための薬をもってしても、私はまた眠れなくなってしまったのだ。

夜、眠れない分、昼間の学校で睡眠をむさぼる日々が再開した。いつしかそれが、私のアイデンティティーになっていた。

「セックス」という言葉を覚えたのは、いつだったのだろう？　もう、思い出せない。

小学校に入学する前から、ランドセルやメガネと同じレベルで、私はセックスが何かを知っていた。あの人が、これがセックスだと面と向かって教えた訳でもないだろうに。

そのことに対して、私は随分とませた小学生だった。もちろん、そんな知識を誰かにひけらかすような子どもじみた真似はしなかったけど。

ただ、セックスで子どもができると知ったのは、年相応の頃か、もしかすると平均よりも遅い時期だったかもしれない。初めてその事実を知った時、私は本当に本当にびっくりして、体が裏返りそうになった。

あんな行為で、子どもが誕生する!?

私は、そう簡単にその事実を受け入れることができなかった。そんなことはあり得ない、子ども騙《だま》しの嘘だと思いたかった。

だって、あんなに醜《みにく》い行いから人の命が誕生するなら、人間とはなんと汚れた間違った存在なのだろうと、私ははっきりとそう思ったのだ。

おかしい、そんなことはあり得ない、何かの間違いだと、頑なに否定する自分がいた。そのくらい、衝撃的だった。そして私は、あんな行為で誕生する人間の存在そのものに幻滅した。

もちろん、自分自身にも大いに幻滅した。

それに、あの人があんなに毎晩そういう行為をしているのに、どうして子だくさんにならないのかも、私にはまだ理解不能だった。

あの人の元に通ってくる男の性欲の矛先《ほこさき》が私にも向けられるようになったのは、カウンセリングを受けてから間もなくの頃だった。

男たちは、扉一枚隔てた向こうに私がいることは知っていた。知っていて、わざと激しく交わったり、声を出したり、あの人に声を出させたりしているのもわかっていた。中には佳境に入ると、自ら扉を開けて、私にわざと行為そのものを見せようとする愚かで可哀想な男もいた。私はだんだん、そういう行為から目をそらすのが、馬鹿らしく感じるようになっていた。以前は顔を伏せて見ないようにしていたのに、もう見ても見なくても事実は変わらないし、自分の瞼《まぶた》を閉じることすら面倒に思えて、相手が見せたいと思うのなら見てやろうくらい思うようになったのだ。

そんな私の態度が、挑発していると受け取られたのかもしれない。

ある日、あの人がシャワーを浴びている隙を狙って、男が私の体に後ろから抱きついた。小学生の私は、まさか自分がそんな対象になるとは全く想像もしていなかったので、一瞬、頭の中が真っ白になって事態が飲み込めなかった。

逃げようと思うのに、少しも体が動かなかった。私はまた、石になる魔法をかけられたのだ。

両膝を抱え、うずくまる私の後ろから、男の手が伸びてきて、凶暴な蛇のように私の服の内側にもぐり込んでくる。とにかく、あの人に見られてはいけないと、私の意識はそこだけに向かっていた。なぜ見られてはいけないのか、自分でもうまく説明はできないけれど、とにかく見られてはいけない、見られたらこの家から追い出されてしまうと、それだけが頭の中を支配した。

それが、どのくらい続いたのか、具体的に何をされ、何をされなかったのか、私は自分でもうまく説明できない。本当に覚えていないのだ。

気がついたら、私はいつもの膝を抱えた格好で、石になって固まっていた。少しずつ自分に息を吹きかけ、自分で自分にかけた魔法をほどくしかなかった。

足元が濡れていることに気づいたのは、両手をつきながらヨロヨロと立ち上がった時だ。数秒後、自分が失禁したのだと気づいた。

家にはもう、私に襲いかかってきた男の気配はなく、あの人もすでに寝ているようだった。私は自分の体からこぼしてしまったものを、自分が着ていた服で拭いた。そしてその服を、濡れたままゴミ箱に捨てた。情けなくて惨めだったが、不思議と涙はこぼれなかった。


中学部に上がるまでに、そういうことが数回あった。

次第に私は、その場所にいることが危険なのだと感じるようになった。私には、小さいが自分の部屋がある。そこには、勉強をするための机と、ベッドもある。けれど、私の部屋には鍵がなかった。

鍵をつけてほしいとは、どうしてもあの人に言えなかった。言えば、理由を聞かれるだろう。そうなったら、どう答えていいのかわからない。男から身を守るためだと勘づかれてしまったら、おしまいだ。このことは、あの人には絶対に知られてはいけない。私だけの秘密にしておかなければ、私はこの先、ここで生きていけなくなる。

だから、私は夜になるとトイレにこもった。家の中で、唯一鍵をかけることができる場所は、トイレしかなかったのだ。

あの人から、小鳥ちゃん、と呼ばれた時だけ、私は素知らぬ顔でトイレを抜け出し、ティッシュの箱を届けた。でも、おそらく聞こえない時もあって、そういう時は、結果的にあの人の呼びかけを無視する形になった。

それでも、あの人は特に何も言わなかった。私が気づくまで執拗《しつよう》に何度も私の名前を叫ぶでもなく、ティッシュを持ってこないからという理由で、私を怒鳴り散らすわけでもない。私がティッシュを届けなければ、代わりに男がその役目をやるだけのことだ。私が廊下に控えていようが、トイレに隠れていようが、あの人にとっては別にどうでもいいことだった。

そのことに、私はようやく気がついたのだ。気づいたら、肩の荷が下りてなんだかちょっとホッとした。

私でなければ成り立たないことなんて、この世の中にひとつもない。

私はその事実を、人より少しだけ早く知ってしまっただけのことだ。私の代わりなんていくらでもいるという、ものすごくシンプルな真実を。

さすがに、トイレの鍵を壊してまで私を犯そうとする怪力男はいなかった。

私は、自分で自分の身を守る方法をようやく手に入れた。なんだ、こんな簡単なやり方でよかったのかと、拍子抜けするほどだった。私はついに、家の中でも安心して自分がくつろげる場所を発見したのだ。ここまでたどり着くのに、何年もかかってしまったけれど。

そして私は、この発見により、自分が賢くなったと錯覚した。自分で自分に自信をつけた。

私は、家のトイレで食事をし、勉強をし、お菓子を食べ、そして寝た。

さすがに便座に座ったままなので熟睡はできなかったが、それでも小学生の頃よりはずっとたくさん家でも眠ることができるようになった。安心して眠れることが、こんなにも幸せなことだとは思わなかった。

何か足りないものがある時は、あの人と男が交わっている最中にそそくさとトイレを出て、自分の部屋から宿題を持ってきたり冷蔵庫の食べ物を物色したりして、またすぐトイレに戻った。

何時間もトイレに閉じこもっているというのに、あの人は一切、そのことに関して何も言わなかった。家の中の一階と二階にトイレがふたつあったことも、私にとっては不幸中の幸いだったかもしれない。鍵さえかけてしまえば、そこは私にとっての楽園になった。

家で寝る時間が増えた分、学校での睡眠時間が減った。そしてトイレで勉強ができるようになった分、以前よりも成績が良くなった。

中学受験を経て入ってきた新入生たちと、私は新たな友情を築いた。私はまるで、たった今この世界に生まれ落ちたばかりのような新鮮な気分で、中学生活を謳歌《おうか》した。

怖いものなんてもうなかったし、過去は過去だと割り切ることのできる強い自分もいた。私は自分が、トイレという居場所を見つけたことで、生まれ変わったのだと感じた。私にとってトイレは、自分の身を守ってくれる神様であり、聖域だった。

あの人は相変わらず夜な夜な男に抱かれ、悲鳴のような、すすり泣きのような声を上げていたが、私にはもはや本当にどうでもいいことだった。呼ばれても、もう行かないで無視し続けた。勝手にすればいい、私も私で勝手にするからと、完全に開き直っていた。私は、自分だけの人生を生きたかった。

すべては、トイレという安全な居場所にたどり着き、そこで眠ることを覚えたからだ。睡眠が、私に健全な思考回路をもたらした。

それでも、私は決して誰にもそのことを告白しなかった。母親がセックス依存症であるという事実は、私以外、何人にも知られてはならない極秘事項だった。どんなに親しくなった友人にも、このことだけは打ち明けない。それが、私がこの世界で快適に生きていける秘策だと信じていた。


もはや、見知らぬ男が頻繁に家にやって来て、自分の親と性行為を繰り返す光景は、私にとってのありふれた日常になっていた。

だから、私は油断してしまったのかもしれない。そのことに、慣れすぎていた。いつもよりほんの少し、長く自分の部屋に居すぎた。

左右の耳に押し込んだイヤホンで、大好きなミュージシャンの新曲を、大音量で聴いていた。そのせいで、男が部屋に侵入した物音に気づかなかった。気づいた時にはもう、私は男に羽交い締めにされていた。

抵抗する私を、男は強引にベッドに押し倒した。男はそれほどの背丈はなかったが、腕力は強かった。あの人は、下の階のバスルームでシャワーを浴びている。左の耳にだけ、まだかすかに大好きな曲が流れていた。こんな状況でなど、絶対に絶対に聴きたくなかったのに。

劣勢であると知りつつも、私は必死に抵抗した。声を出さず、とにかく無言で戦った。

一瞬の隙を見計らい、私は男の腕を思いっきり嚙んだ。奥歯で、肉が嚙み千切れるんじゃないかってくらい、強く強く嚙みついた。血の味がしても、嚙み続けた。うめき声を上げたのは、私ではなく男の方だった。

自分は人間ではなく、野獣だったのかもしれない。そう感じた。野獣で構わないから、とにかく男の腕から奥歯を離さないようにしようと冷静に思った。離したら、自分が殺される。男の目もまた、人間のものではなかった。

そんなに相手が望んでいるのなら、させてやればいいじゃないの。

私の耳元でそう囁く、もうひとりの自分もいた。

殺されるくらいだったら、その方がマシではないか。

これも、生きていく術なのだ。じっと黙ってしばらく苦痛に耐えれば、行為はいずれ終わるだろう。耐え忍ぶのは、お前の得意技だったはず。

悔しくて、情けなくて、涙がこぼれた。汗のようにダラダラと必要のない涙を流しながら、それでも男の腕に歯を当て続けた。

男の腕から、一筋の血が流れていた。男は、自由になっているもう一方の手で、私の体を力ずくでまさぐった。男の爪が、私の皮膚の柔らかいところを切り裂いていく。

ふと男の体から力が抜けたのは、あの人がバスルームから出て、男の名前を呼んだからだ。結果的に、私はあの人に助けられた。

男が慌てて私の部屋から出て行く情けない後ろ姿を、私は呆然と見送った。

けれど、乱れた着衣をすぐさま元に戻すことはできなかった。

私は、そのままの格好で、ベッドに横たわって夜を照らす人工的な光を見つめていた。手を伸ばして窓を全開にすると、なんだか三日月がやけにまぶしかった。

自分の中で健やかに育っていた何かが、確実に、しかも急速な勢いで枯れて、死んでいくのを感じた。

やっぱり私は、殺された方がよかったのかもしれない。完璧すぎるほどの見事な夜景を見ていたら、そう思った。三十分前の、一時間前の自分に戻りたかった。

バーカ。

自分で自分に唾を吐く。吐いた唾は、そのままますぐ自分の顔に落ちてきた。

バーカ。

もう一度、もっと強い声で自分自身をののしると、今度は己の愚かさに笑みがこぼれた。ロの中に残っていた男の血の味を、タオルケットの上に唾と共に吐き捨てた。怒りは、やがて悲しみへと色を変えた。悲しみは絶望へと転がり、やがて自己嫌悪へと成長した。

私は何も悪くないはずだったのに、気がつくと自分のせいになっていた。

私の感情は、一本の見えない透明な柱の周りをぐるぐるする、螺旋《らせん》階段のようなものだった。階段の位置によって、窓から見える景色は刻々と変わったが、それでも、いくつかの負の感情を繰り返すことに変化はなく、終わりもなかった。

ぐるぐる、ぐるぐる。

上っていたのか、それとも下りていたのか、自分でもよくわからない。いや、そこは踊り場で、私は上ることも下りることもせず、ただ柱の周りをネズミのように回っていただけなのかもしれない。

行為は未遂に終わったものの、でも何をもって未遂と言えるのだろう。確かに、世の中的にはこれも未遂というジャンルに含まれるのかもしれない。でも、私にとっては決して未遂なんていう生易しい言葉で済まされるものではなかった。

翌日、私はふだん通り学校へ行き、ふだん通り友達としゃべった。今までと同じように、ふざけたり、騒いだり、はしゃいだり、居眠りすることもできた。

表面上は何も変わらないように努めた。それが、あの男に対する、そしてそもそもの原因を作ったあの女に対する、せめてもの無言の抗議行動だと信じていた。私はあえて、平気なふりをよそおった。

それでも、できなくなったことが、ひとつだけある。

あんなに大好きだったあのミュージシャンの歌声を耳にすると、私の目から勝手に涙が出て、止められなくなってしまうのだ。

自分には、この人の純粋な歌声を聴く資格はもうない。

私は、あの男によって汚され、穢《けが》れた存在に成り下がったのだ。

私とこの人とは、住む世界が違う。

だからもう、音楽を聴くのをやめた。大好きだったミュージシャンの曲だけでなく、すべての音楽を、私はこの体から葬《ほうむ》った。投げ捨てた。

それが、報いだと思った。私が油断してあの男に体を触らせてしまった、代償であると。

まだ知り合ってそれほど時間は経っていなかったけど、音楽は、私の偉大な友になりつつあった。いつだって私のそばにいて、励ましてくれたり、一緒に笑ったり泣いたりしてくれた。私の知らない世界を、音楽は少しももったいぶらずに惜しみなく教えてくれた。音楽さえそばにいてくれたら、たとえ狭くて寒いトイレにいる時でも、その向こうに柔らかい風のそよぎや、朝の光の煌《きら》めきを想像することができた。

でも、私はもう音楽を聴けない。聴く資格がないし、そもそも体が音楽を受けつけない。喜びを分かちあって生きてきた無二の親友を、私はひとり、永遠に失ったのだ。ことの重大さを自分でもはっきりと理解しないまま、それでも私は漠然と悲しかった。

ぽっかりとクレーターのように空いてしまった音楽という友の穴埋めをしてくれたのは、生身の人間だった。私は、隣のクラスに在籍していた美船《みふね》との仲を急速に深めた。

美船は、実際には私よりひとつ年上だった。でも、背が小さいのもあって全然そんなふうには見えなかった。

小学部から中学部に進級する際、一年間、学校を休んでいた。表向きは、病気療養のためだったという。実際、美船は子どもの頃から体が弱く、学校を休みがちだった。でも、理由はそういうことではなかった。

「妊娠しちゃって」

ある日、学校の帰りにコンビニに寄ってアイスを食べていたら、唐突に美船が言った。もうアイスを食べるには肌寒い季節だったけれど、私たちはそれが若さの象徴であるかのように、秋が深まってもまだアイスを食べるのをやめなかった。

「いつ?」

どう驚いていいのかもわからなくて、私は平気なふりをして尋ねた。そもそも、その主語が美船なのかどうかも、曖昧だった。もしかして、飼っている猫か犬の話かもしれない。

「一昨年の、夏休み最後の日曜日かな?」

美船は、ソフトクリームの急斜面に舌をはわせながら言った。どうやら、やっぱり主語は、美船らしい。それにしても、美船の舌は、いつ見ても鮮やかな赤い色をしている。

「妊娠してるってわかったのが、ちょうど中学に進級する時でさ。それで親が慌てて私を休学させるってことにして。病弱だったし、世間体もあるし、親はね、絶対に産ませたくなかったんだよ。おろせって。

でも、おろすにはもう遅すぎるタイミングだったの。それに、何も知らずにここで生きてる赤ちゃんがいきなり殺されるのはあまりにも可哀想だな、って自分でもちょっと思ったし」

「相手は？」

私は放心してしまい、カップに入っているバニラアイスを食べるのをすっかり忘れていた。そのせいで、アイスがとけかかっている。私は、そのとけそうになっている部分を大きく匙《さじ》ですくって口に含んだ。心なしか、アイスがさっきより甘く感じられる。

「ひとつ上のいとこだよ。よく一緒に遊んでたんだ。親同士が姉妹で。その時も、姉妹でお買い物に行くからって、私たちはふたりで留守番を任されてたの。

お兄ちゃんに、お前汗臭いから一緒にお風呂入って、背中流してやる、って言われてね。それで、お父さんともまだお風呂はたまに一緒に入ってたしさ、その頃はもうお兄ちゃんとあまりお風呂は一緒に入ってなかったけど、でも昔はよくふたりで入ってたし、別に変なことでもないと思って、そうだね、って言って入ってたら、途中からなんか体をいじられてさ。

でもさ、私、何をされてるのか本当によくわからなかったんだ。それで、お風呂から出て、バスタオルを敷いた座布団の上に裸で寝かされた時も、お医者さんごっこの延長をしているくらいにしか思っていなかった」

「痛くなかったの？」

そのタイミングでするべき質問かどうかわからなかったが、私はどうしても美船に聞きたくなって質問した。

「それもね、よくわからなかった。とにかく、お兄ちゃんのこと、私嫌いじゃなかったし。結婚するならお兄ちゃんみたいな人がいいなぁ、って漠然と思ってたから。まぁ、好きって言っても、そういう意味の好きじゃないけどね」

「うん、わかるよ」

私は言った。美船が言いたいのは、そのいとこに心を許していたということなのだろう。

「その時に？」

私は、美船の目を慎重に覗《のぞ》き込みながら聞いた。

「そう、そういうことをしたのはその一回だけで、もちろん私は初めてだったし、おそらく向こうも初めてで、自分たちが何をしていたのか、ちゃんとはわかっていなかったと思う。私は、初潮を迎えて間もない時期だったしね。

まだ周期も安定してなくて、次の生理まで間が空くなんて普通にあるだろうし、病気の影響もあってさ、親も、私に生理がこないことをなんとも思っていなかったんだよ。私自身もそうだったけど。

だから、妊娠してるって気づいたのが、結構遅くて」

「それで美船、赤ちゃんを産んだの？」

目の前にいる小柄な中学生に子どもがいるとは、どこからどう見たって、逆立ちしたってそんなふうには見えなかった。でも、美船はこともなげに、うん、と答えた。

「うち、父親が医者だから。極秘で出産できる態勢を整えるのは、それほど難しくなかったみたい。結果的には、助産師さんにうちに来てもらって、自宅のゲストルームで産んだんだけど」

衝撃的なことを話しているはずなのに、美船にはそのそぶりがほとんどない。だから私も、平気なふりを貫いた。

でも胸の内側では、心臓がドキドキいって暴れ出しそうだった。かすかに指先が震えるのを、なんとか誤魔化すのに必死だった。自分の歳でもそういうことがありえるのだという事実に、私は大きな衝撃を受けていた。

私は、その赤ちゃんがどうなったのかが気になった。なんとなく、もうこの世界には生きていないような気がした。でも、自分からは怖くてなかなか聞き出せなかった。すると、美船が続けた。

「男の子だったの。超かわいかったよ。最初は、生まれてすぐ、コーディネーターさんに渡すって言ってあったんだ。子どもの顔も、見るつもりなかったしね。

でもさ、生まれると、いやでも産声が聞こえてくるじゃない？　それがまた、今まで聞いたことがないみたいなかわいい声なんだ。それで、声を聞いちゃったら、どうしても顔が見たくなって。

ずっとついててくれた助産師さんに、顔、見せてってお願いしたら、はい、ってその子を私の胸の上に置いてくれたの。

　生まれたばっかで、真っ赤だし、お猿さんみたいな顔してるんだけど、かわいいな、って思ったよ。すんごくちっちゃくてさ。手のひらなんて、もみじ饅頭《まんじゅう》よりもっともっと小さいの」

　もみじ饅頭という言葉に、私は思わずくすりと笑ってしまった。その意図が伝わったのか、美船もおなじようにくすりと笑った。ふと見ると、さっきまで美船の手のひらに握られていたソフトクリームの山は消えている。

「うちのお父さんもお母さんも、広島の出身だからさ。私といとこのおばあちゃんは、今も広島に住んでて、よく、もみじ饅頭を送ってくれるんだ。

　最初はね、おばあちゃんが赤ちゃんを引き取って、責任を持って自分が育てる、って言ってたの。でも、それと同時期ぐらいに、おじいちゃんが初期の認知症だってわかって、それでおばあちゃんはおじいちゃんのお世話に専念することになってさ、結局、赤ちゃんはコーディネーターさんに渡したんだ」

「コーディネーターさんって？」

　私が質問すると、そうだよね、そんなこと普通知らないよね、と美船は笑って、それから詳しくコーディネーターについて教えてくれた。

「今ってね、子どもを持ちたいのに不妊症で自分たちの子どもを持てない夫婦がいっぱいいるんだって。そういう夫婦にね、私みたいに自分では育てられない子どもを橋渡しして、養子縁組をしてくれる人がいるの。私も、詳しくはわからないんだけど。

とにかく、そうすればさ、赤ちゃんがどんな親の元に生まれても、生きていけるんだって。大事に育ててくれる人たちだから心配しなくていいって、うちのお母さんがそう言ってた」

私の知らない世界を当たり前のように話す美船が、急に大人びて見える。

「でも、なんで美船、そんなことを急に？」

さっきから私の中で、素朴な疑問が育っていた。だって、そういうことはあんまり人に話さないジャンルのはずだ。私だったら、絶対に絶対に口が裂けても、そんなこと他人に明かせない。

「うーん、なんでかなぁ。もちろん、今まで誰にも言ったことないよ。親とかごく少数の関係者以外、このことは知らないし。

でも、なんかさ、小鳥なら、話してもいいかな、ってさっきふと思ったの。一緒にアイス食べ始めた時。小鳥だったら、それを知ったところで、急によそよそしくなったりしなそうだし。小鳥、口が堅いでしょ。

ひとりくらい、このことを知っててくれる友達がいてもいいかなーって気もするしね。

でも、友情の証とか言って小鳥を困らせるつもりはないから、安心してね！」

美船は、いつもの美船の表情に戻ってあっけらかんと言い放った。

「もちろん、絶対に絶対に誰にも言わない。口が裂けても。美船、話してくれて、ありがとう」

私は言った。救われたのは、告白した美船の方ではなく、私の方だとうすうす気づきながら。

だって私は、美船の人生に起きたことと較べたら、ちょっと前自分の身に起きたことなんて、どうってことないじゃん、と思ったのだ。母親がセックス依存症であるとか、そのせいで夜、家で眠れなかったとか、たまに母親の相手に襲われそうになるとか、これまで自分が重大事だと思っていたことが、実は些細《ささい》なことなのかもしれないと思い始めていた。

でも、やっぱり私は言えなかった。

美船がそれだけの秘密を私に打ち明けてくれたというのに、私は自分の抱えている問題のほんの一部分さえ、美船と共有することができなかった。もしかすると、自分では自覚がないだけで、実はものすごくプライドが高い人間なのかもしれない。

美船は言った。

「私さ、いつか、息子に会いに行こうと思ってるんだ。引き取って育てる、なんてことはできないだろうし、息子と一緒に暮らすなんてことも、大人になっても多分できないと思う。それに、息子と歳が近いから、私が大人になった時はもう息子もけっこう大人になってんだよね。だから私、全然親になる資格はないの。第一、向こうは私のことを知らないし。

でもさ、自分でちゃんとお金が稼げるようになったら、クリスマスプレゼントくらい、毎年欠かさず贈れるようにはなりたいなって思うんだ。今は親の脛《すね》をかじって生きているけど。

そのことをさ、誰かに言いたかったっていうか、宣言したかったのかもね。

誰かっていうか、小鳥に」

それから改まって姿勢を正すと、

「私と友達になってくれて、どうもありがとう」

美船は、ちょっと声を震わせながら言った。

「何？　急にやめてー」

精一杯ふざけて私は言い返した。お礼を言いたいのは、私の方なのだ。気を許すと、とたんに涙腺が緩《ゆる》んで泣いてしまいそうだった。

美船と親しくなっていなかったら、私はどうなっていたかわからない。美船が私を画鋲《がびょう》みたいにこの世界にとどまらせてくれているのだと、私は、ようやくそのことに気づいた。

「人生ってさ、結構、いろいろあるよね」

私は言った。もう、カップの中のアイスは完全にとけて液体になっている。

「お互い、まだ十数年しか生きていないのにね。濃厚だよね」

「全くだよ。濃厚バニラ人生だよ」

とにかく何か言わなきゃと思って、私は自分でもつまらないと思うようなことを口走った。するとと美船は、ふと真面目な顔をしてつぶやいた。

「私たちがおばあさんになるまで、あと何年あるんだろう？」

「その頃には、地球が今のまま残っているのかもわからないけどね」

私は言った。

「確かに。この間テレビでやってたけど、このまま温暖化が進んだら、22世紀には、気温がめっちゃ上がって、食べ物とかもなくなっちゃうんだって」

「嫌だよ。そんな地球に、生きたくない」

「でもさ、小鳥、私たち、長生きしようよ！　いっぱい長生きしてさ、人生、思いっきり楽しもう！　ね？　そうしよう。ほら、約束だよ」

明るい声でそう言うと、美船は私の左手の小指を自分の小指と絡ませた。そして続けた。

「息子ともね、約束したんだ。お別れする時。お互い、絶対に幸せになろうね、って。別々の人生を歩むけど、でも、必ず幸せになっていつかどこかで笑顔で再会しようね、って。虫の良すぎる話かもしれないけど」

その時だけ、美船の目にうっすらと涙が浮かんでいた。でも、自分で流した涙を自分の指でささっと拭うと、美船はいつも通りの屈託のない笑顔に戻った。

このことがあって、私は美船のことがますます好きになった。

生まれてきちゃって、ごめんなさいという、常に私の底辺に流れている川のような感情も、美船と一緒にいる時だけは、忘れることができた。美船といる私は、ありきたりの中学生でいられた。美船と同じ場所で同じ空気を吸っているだけで、私は心から楽しく、幸せだった。

それは、美しい船と小さな鳥の、かけがえのない友情だった。ふたりは互いへの支えとユーモアとアイディアで、誰の助けも借りずに友愛を育んだ。

少なくとも私は、そのつもりだった。

「ねぇ美船、美船は将来、何になりたいの？」

ある時、私は横で体育座りをする美船にたずねた。

私たちは、途中から共に美術部に所属していた。中には熱心にデッサンに励む部員もいたけれど、実際のところ美術部とは名ばかりで、ほぼ帰宅部と変わらなかった。

私たちはよく、部室である美術室の前の中庭で、日が暮れてお互いの顔が見えなくなるまで、話をした。毎日毎日顔を合わせているのに、何をそんなに話すことがあったのだろう。自分でも不思議になるけど、なぜか話のネタは尽きなかった。

それに美船となら、一輪の花によじ登ろうとする小さなアリの姿を見ているだけでも、しっとりと心が満たされた。何か、重大な世界の秘密を発見したような気分になった。私たちにとって、沈黙も、大いなるおしゃべりも、どちらも両方がかけがえのない時間だった。

「将来の、夢ってこと?」

「まぁ、大袈裟に言えば、そういうこと」

「小鳥は?　将来どうしたいとか、もう考えてる?」

逆に美船に質問された。美船は、自分に向けられた質問の矛先をするっと変える天才だ。こういう時、私は美船が自分よりも一年長く生きている人生の先輩なんだと痛感した。

その頃美船はどんどん交友関係を広げていたし、人付き合いに関して不器用な私とは対照的だった。中学に上がったばかりの頃は、私も友達を増やしたくて自分に無理をしていたけれど、美船という大親友を得てからは、もう美船だけで十分満足、という気持ちになっていた。

ただ、美船が友達を増やしたからといって、私に変な嫉妬心は芽生えなかった。むしろ、多くの友人らに囲まれて楽しそうにふるまう美船を少し離れた場所から見ているだけで、私は幸せだった。

「私はねぇ、そうだなぁ」

両手を上に持ち上げて伸びをしながら、私はなるべくお気楽な声を出して言った。

「早く、家を出たい、なぁ」

私としてはかなり勇気を持って放った言葉だったけど、美船は簡単にそれをいなした。

「夢っていうか、それは当面の目標だね」

美船は言った。自分では重大発言をしたつもりだったけど、美船には空振りに終わっていた。

「まぁね。じゃあ、美船は？」

今度はもう一度、満を持して美船にたずねる。しっかり者の美船なら、きっともう自分の将来について明確なビジョンがあるに違いない。

「小さい頃はね、パティシエになりたかったんだ。すんごいオーソドックスで笑っちゃうでしょ。でも、きれいなお菓子を前にすると、みんな笑顔になるじゃない？　単純に、人を幸せにできる仕事っていいなぁ、って思ってたの。

でもほら、私は十字架を背負って生きているわけじゃない？」

「十字架？」

「む、す、こ」

その部分だけ、美船は声に出さず、口の形だけで私に伝えた。

「そっかぁ」

私は曖昧に返事をする。

「自分で産んだのに産みっぱなしで育てられないっていうのは、やっぱり無責任だったな、って思うんだ。だからって、じゃああの時、自分がどう行動するのが正しかったのかは、いまだにわからないままなんだけど。

私は、妊娠とか出産の仕組みすらわかっていなかったわけだし。ましてや、避妊の方法なんて、知る由《よし》もないっていうか。そんなこと、だーれも教えてくれないでしょ。学校でも家でも。

でもさ、生理が来たってことは、排卵している証拠で、排卵しているってことはさ、即《すなわ》ち、その卵が精子と出会ったら妊娠する、ってことなんだよ。

この中学部にいる女子、全員とは言わないけど、生理がすでに始まっている子たちは、みんな、そういう可能性を秘めているってこと」

「そうなんだぁ」

私は、ぽかんとして言った。正直、そんなこと、考えもしなかった。つまり、もう生理が始まっている自分にも、その可能性があるということだ。

「でしょ?」

美船が、回り込んで私の顔を正面から覗き込む。

「だからね、私は、ちゃんと、そういう体に関する知識を子ども達に伝える先生になりたい。最近、そう思うようになったの」

「保健室の先生ってこと?」

私の脳裏に浮かんだのは、私を無能なカウンセラーと会わせた、あの養護教諭だった。いつの間にか、保健室の担当者は別の人に替わっている。

「しっかり者だねぇ」

感心しながら私は言った。美船は、本当にきちんと自分の人生に起きたことを受け止めている。この歳で。すると、美船は言った。

「なかったことには、したくないだけ。世の中的にも自分的にも、その事実を消しちゃった方がさ、楽っていうか、見栄えがいいっていうか、その方が生きやすいっていうのは、わかっているの。

でもさ、そうしたら、息子の存在はどうなっちゃうわけ、って思うんだ。

発生したきっかけとかタイミングは確かに世間的に褒められたものではないかもしれないけど、でも、そういうことって本人には全く関係のないことだし、堂々とね、胸を張って生きてってほしいんだよ。

だから私は、あのことをなかったことにしないために、保健室の先生になりたい。自分のためにも、息子のためにも。そして、自分と同じ苦しみを味わう子をなくしたいんだ」

「美船のそういう考え方、尊敬する」

最大限の心を込めて、私は言った。だって私の場合、都合の悪いことは全部、なかったことにして生きてきた。無視して、なかったことにして、見なかったことにして、されなかったことにして、そうやって、自分をだましだまし、その場しのぎで生きてきた。

「全然偉くなんかないよー」

美船はけたけたと笑いながらそう言って、私に自分の体を押しつけた。

「でもね、その役目が終わったらね、老後っていうの？　それにはちょっと夢があるんだ」

美船は、ほんのり照れているような表情を浮かべて続けた。

「何なに？　教えて」

私が顔を近づけると、美船は照れ隠しなのかわざと肩をごりごりと回しながら言う。

「あのね、喫茶店でも居酒屋でも食堂でもなんでもいいんだけど、そういうお店のママになりたい」

「ママ？」

「そう。だって多分、っていうか絶対に、私はさ、もう自分の子どもは産まないっていうか、産めないし」

「どうして？」

「だって、自分で産んだ息子の面倒も見れなくて他の人にお願いしたのに、条件がそろったから、はい次の子を出産して、今度は自分で子育てをがんばります、なんて、それこそ虫のいい話っていうかさ。

私はそんなずるいことしたくないし、第一できないよ。息子にだって、申し訳が立たないし。だから、子どもは産まないって決めているんだけど、正直、お母さんにはなってみたかったんだよね。だから、みんなからママって呼ばれるにはさ、お店をやったらいいのかな、って。

短絡的？」

「スナックのママじゃ、ダメなの？」

私が真面目に質問すると、

「スナックはねぇ、さすがに。うちらが老後を迎える頃、スナックがまだあるかどうかも微妙じゃない？」

「まぁね、スナック自体、死語っぽいもんね」

「そう、だから、カフェとか、もう少し洒落た感じの所がいいな、って。でもって、その時はさ、小鳥も一緒に手伝ってよ！　チーママで雇ってあげる」

「チーママ？　何それ？」

「知らないの？　小鳥って案外、うぶだよね。小さいママのことをチーママっていうんだよ。父がたまにスナックに行ってカラオケしたりするから、私、結構そういうことに詳しいんだ」

少し自慢するように美船は言った。

「美船はてっきり、家を継いでお医者さんになるのかと思ってた。成績もいいし、そのために今、一生懸命勉強してるのかな、って」

私が言うと、

「まさかー」

美船は笑って否定した。

「医者だけは絶対に無理。無理っていうか、嫌」

大人びた表情を浮かべて、美船がつぶやく。

「おばあさんふたりの、スナックねぇ」

私が話題を元に戻すと、

「だからスナックじゃなくて、カフェだってばぁ！」

美船が威勢良く否定する。

「店の名前、考えなくちゃね」

私は言った。

それが、あとどのくらい先の未来なのか見当もつかないけれど、決して悪い未来ではないように思えた。第一、美船と毎日のように会えるのを想像するだけで心が弾んでくる。カウンターに立っておしゃべりしながら、コーヒーを淹れたりトーストを焼いたりするのだろうか。それはなんだか、とても美しい日常のように思われた。

「うん、絶対にそうしよう！　それまで、お互いに経験を積んで、人生経験豊富なすてきなママがふたりいる、評判の店にしよう！」

私は、いつになく明るい声で言った。家を出ることに続く、第二の目標ができて嬉しかった。まるで、前途洋々の気分だったのだ。


中学卒業後、美船はカナダへの留学が決まっていた。

私は、いくつかの高校受験に挑戦し、その中で合格通知が来た共学の公立校に進むことになっていた。

もう、今までみたいに毎日美船と会って話したりアイスを食べたりできないと思うと、本当に本当に寂しくなる。だから私たちは、春休みの間はとにかく毎日デートしようね、と緻密な計画を立てていた。その中には、青春18きっぷを使っての、大掛かりな卒業旅行も含まれていた。

美船となら、どんなに会っても飽きるなんてことは一切なかった。私たちは、人前で歩く時も手をつなぐことがあったし、美船の家に泊まる時は、いつも美船のシングルサイズのベッドで、仔猫みたいに体をくっつけて一緒に寝た。お風呂にも、当たり前のように一緒に入った。

私はしばしば、これってもしかして恋なのかもしれない、と感じることがあった。もし美船がそれを望むなら、肌と肌をより親密に寄せる行為をしたってやぶさかではない、とすら思っていた。

そういうことも、包み隠さず美船と話した。でもやっぱり、美しい船と小さな鳥の間で、常に焼きたての甘い菓子パンの香りのように漂っているのは、恋愛感情ではなく、ものすごく純度の高い友情だった。

美船は言った。

「結局のところ、私たちが求めているのは、自由なんじゃない?」

「自由?」

唐突な美船の発言に、私は彼女を見返した。

私たちは、屋根のついているバス停で雨宿りをしながら、一本のペットボトルのお茶を交替交替で飲んでいた。コンビニで買った時は熱々だったはずなのに、お茶は少しずつ体温を失って、その頃にはもうだいぶぬるくなっていた。ゴクリ、と美船が喉を鳴らしてお茶を飲み込む。

「私なりに色々考えてね、一番大事なのは、自由なんじゃないかな、って結論に達したわけ」

「自由かぁ。確かフランスの国旗に、入ってたよね？」

「トリコロールのこと？」

「青が自由じゃなかったっけ？　それで白が、えーっと」

「白が平等、赤が」

「博愛」

博愛が赤だというのは、なんとなくイメージしやすくてすんなり頭に入っていた。

「自由って、青なんだね」

私は言った。私のイメージとしては、自由こそ白かもしれない。だから、青が自由と知って、意外に感じたのだ。

だって、白いキャンバスには自由に色をつけることができる。

でも、私のキャンバスは初めっから真っ黒だった。私が生まれた家には、好きな場所で好きに眠る自由すらなかった。今も、快適なベッドで眠る自由は極端に脅《おびや》かされている。

ただ、中学部に上がって美船と出会い、私は美船の肩越しに自由を見つけることができるようになった。自由の味を覚えた。美船といる時、私は自分の家の過酷さを忘れることができた。

「自由ってさ、空気みたいにあって当たり前みたいなつもりになっているけどさ、本当は当たり前じゃないんだよね。

私たちが今手にしている自由なんて、ほんと、あっけないくらい簡単に、悪意を持った誰かに奪われてもおかしくないんだと思う。人々から自由を取り上げて、意のままにコントロールすることなんてさ、実は容易《たやす》いことなんだよ。そういう国が、いっぱいあったし。今だって、いっぱいあるし」

これまで、美船とそういう類《たぐい》の話はしたことがなかったので、私は少し驚いていた。

「美船、そんなことを考えていたんだ」

感心して私が言うと、

「そりゃそうだよー。なんたって、私は一児の母ですから」

少し自慢するように美船が言った。ここのところ、その話題に触れることがほぼなかった。だから私も、美船に子どもがいるという現実を、つい忘れそうになっていた。

「最近さ、あの子と同い歳くらいの男の子の姿が、すっごく目に入るんだ」

まっすぐにどこか一点を見つめたまま、美船は言った。

「今、いくつになったの?」

私が聞くと、

「三歳」

美船が、美しい言葉を口にするような表情で歳を告げる。

「どんな男の子に成長してるんだろう？」

幼いけれど、そこにいるのは確かに母親の顔をした美船だった。

「きっと、美船の子だからかわいいに決まってるよ」

私は言った。それだけは、断言できる。

「でもね、実の子でなくても、里親さんに育てられてるうちに、どんどん里親さんに似てくるんだって」

「そうなの？」

「うん、市立図書館で借りて読んだ本に、そう書いてあった」

美船がそんな内容の本を読んでいたなんて、全く知らなかったので驚いた。

「一緒に暮らしていると、似てくるのかな？」

私は言った。

「同じ物食べて、同じ景色見て、そうすると、体がだんだんお互いに近づくのかもね。だって、夫婦だってもともとは赤の他人でしょ。でも、長年連れ添うと、似てくるじゃん。うちの両親もそうだけど」

「へぇ」

そんなの初耳だ。うちには、母親しかいないから夫婦にまつわるそういうことはわからないし、あの人とあの人のセックスの相手が似ているとも、思えなかった。

「小鳥にね、改めて私からのお願いがあるの」

背筋を伸ばして、美船は言った。

改まって何を言い出すのだろうと、美船の次の言葉を待っていると、美船はまたゴクリとペットボトルのお茶を飲み込んでから、まっすぐに私の目を見て言った。

「小鳥は、本当に本当に本当に本当に心から好きな相手とだけ、やって。それがね、すごく大事なことなんだって、私、この三年間で、そのことを学んだの。

なかったことにはしたくないよ。でも、後悔はしてるんだ。反省も含めて」

私は、内心ドキドキしていた。美船に、すべて心の内を見透かされているような気がして、怖くなった。だって、私はこんなふうに考えていたのだ。

こんなに誰かに襲われるのに怯《おび》えるくらいなら、いっそ、自分からヴァージンを捨ててしまえばいいんだ、って。共学の高校を選んだのがそのためだとは言わないけれど、それも視野に入れていたのは確かだ。

でも、私の隣で空っぽになったペットボトルを両手に包んで雨雲を見つめている私の大親友は、そのことにノーを突きつけている。

「小鳥の体は、小鳥のもの。当たり前だけど。

自由って、多分そういうこと。

何人にも、おかされちゃいけない神聖な領域なんだよ」

その言葉を聞いたら、なんとなく、急に美船のぬくもりを感じたくなった。美船が、私のことを、私の体を、大事に思ってくれていると痛感した。私にはそれが、肩にそっと毛布をかけられたみたいに嬉しかった。

私の左手が、美船の右手を包み込む。美船の手のひらは、体同様こぢんまりしている。それでも、もみじ饅頭よりはだいぶ大きい。

「春休みは、いっぱいデートしようね」

しんみりとした声で、私は言った。これって完全に、これから遠距離恋愛に入るカップルの心情じゃん、と思いながら。となると、やっぱり美船は、私の初恋の相手なのかもしれない。だけど友情だって、根底に横たわっているのは愛のはずだ。いや、間違いなく、愛だ。だから、一般的な男女の恋愛と同性同士の友情に、違いはないはず。

ということはつまり、私は美船を愛しているし、美船も私を愛している。美しい船と小さな鳥は、互いに愛し合っている。私たちは、愛し合っているのだ。

コロンブスが新大陸を発見したみたいに、私はそんなことを思っていた。もともとあった場所を「発見」だなんて、失礼な話ではあるが。

「カナダと日本って、時差、どのくらいあるんだろ？」

ふと気恥ずかしくなって、私は言った。

「えーっとねぇ、この間気になって調べたんだよ。確か、サマータイムの時で16時間じゃなかったかな。でも冬時間になると、17時間？　つまり、冬は日本の方が、17時間先に進んでるってことだよね」

「ってことは、一日は24時間だから、ほぼ丸一日前ってこと？」

「そうだね、今だともうサマータイムになってるはずだから、日本の時間に8時間を足すと、前の日のバンクーバーの時間になる」

「つまりさ、今が16時だとすると」

「バンクーバーは、前の日の夜中の12時」

「ってことか。でもさ、だったらいつお互いの声が聞けるわけ？　どっちも起きてる時間って、いつになるの？」

ちょっと焦った気持ちになって、私は言った。

「小鳥のお昼だと、こっちはまだ寝る前だし、小鳥の朝でも、私のお昼くらいじゃない？　だから結構平気だよ！　話すタイミングは、意外とある」

美船は明るい声で言った。

「そっか、そうだね。そんなに心配することないね」

少し安心して、私も胸を撫でおろした。

「あー、おなか空いちゃった」

空を見上げながら美船が言う。

「小鳥、なんか食べて帰ろうよ。雨もほぼ上がったみたいだし」

「そうしよっか。私も小腹が空いてきたかも」

「どこ行く？」

「美船は？　今、何が一番食べたい？」

「うーん、そう言われたら急にたこ焼きが食べたくなってきたかな。でも、ずっと外にいて体が冷えたから、ラーメンでもいい気がする。

小鳥は？　何か食べたいもの、ある？」

「そうだねぇ。美船が言うから、私も急にたこ焼きが食べたくなってきたよ」

「よし、じゃあそうしよう。おやつに、たこ焼きを食べて帰ろ」

美船が立ち上がって伸びをする。私も真似して伸びをした。

近くの店でたこ焼きを食べた私たちは、いつも通り、またね、と言って別れた。

次の日は、ふたりで買い物に行く約束をしていたのだ。美船は留学先のバンクーバーへ持って行く腕時計を探していたし、私は私で高校生になったら使うメイク道具を美船に選んでもらうつもりだった。だから、本当にいつも通りのはずだった。

でも、美船は翌日、ビルの屋上から転落した。

まだ、十六歳の若さだった。

第三章　オジバについて

あれから、いくつもの季節が通り過ぎた。いつの間にか、というのも変だが、私は三十歳になり、新しい職場で働き始めた。

コジマさんは、自分がいなくなっても私が生活に困らないよう、まとまった額の財産を残してくれていた。私は、コジマさんからの提案で、途中からはコジマさんの養子になった。だから、コジマさんがいなくなったからといって、慌てて仕事を探さなくても衣食住を満たしていくことは可能だった。けれど、何もしないでいるというのもまた難しく、ぽっかりとクレーターのように空いてしまった時間の空白を、そのまま放置しておく勇気が、私にはどうしてもなかった。

それで結局、介護の仕事を続けることにした。それしか自分にできる仕事がなかったというのが実際のところかもしれないけど、せっかくコジマさんが私に介護のスキルを身につけさせてくれたのだ。

だいぶ時間が経ってから気づいたけれど、それが、コジマさんが私に与えてくれた最大のギフトだ。そんなギフトを無駄にしたくなかったので、私は今、介護施設で働いている。せっかくこれまでに積み上げたものを手放してしまったら、もったいない。生きる術《すべ》を何ひとつ持っていなかった私に、コジマさんはいざという時の杖のようなものを授けてくれていた。自らの体を使って。気づかないうちに、私は手に杖を握っていた。

私は、コジマさんから譲り受けた遺産の一部で通勤に使う電動自転車を新調し、残りのお金はまるまる老後に備えて貯蓄した。三十代のうちから老後のことを考えるなんて心配性すぎると笑われるかもしれないけれど、私みたいに天涯孤独の人間には切実な課題なのだ。

仕事先は、アパートから自転車で通えることを条件に探した。もっと時間がかかるかと思ったら意外に早く職場が見つかり、しかも人手不足なのでなるべく早く仕事に就いてほしいというので、コジマさんが亡くなってからひと月足らずで、私は新しい環境で働き始めた。

今度の職場は、コジマさんの家とは正反対の方向にある。距離的にはコジマさんの家とそう変わらないが、自転車が電動になった分、通勤時間は気持ち短くなった。

ただ、リムジン弁当からは遠のいてしまった。せっかくあの日、自力で扉を開けることができたのに。仕事の行き帰りにリムジン弁当に立ち寄るというのが、現状ではなかなか難しいのだ。それだけが、唯一の残念なことだった。

お給料が少なくなることはそれほど気にならなかったが、職場での人間関係には不安を感じていた。十年以上介護の仕事をしてきたといっても、私はコジマさん専属だった。

おそらくコジマさんは、介護する側から言ったら、とても優良な被介護者だったと思う。暴言を吐くことも、暴力を振るうことも、介護を拒否することもなく、淡々と私の介護を受け入れてくれた。

でも、今度の職場は老人ホームだから、複数の入居者さんがいて、当然私以外の人も働いている。人間恐怖症は、以前よりだいぶ緩和されてきた気はするけれど、それが完全になくなったわけではない。

だから、なるべく規模の小さい施設を選んだ。働く人も介護する相手も、極力少ない方が私にはありがたいし、働きやすい。

コジマさんの家には、だいたい週五日で通っていた。三日働いたら一日休むのが基本パターンで、私は暇だし特にアパートにいても家にこもっているだけなので毎日でも働いてよかったのだが、契約を結ぶ際、コジマさんがどうしてもそうしてほしいと最後まで譲らなかった。

私の人生を自分だけに使ってほしくないと思ったのか、コジマさん自身が私以外の人とも定期的に会って息抜きをしたかったのか、今となってはわからない。ただ、私が途中で匙を投げずに最後までコジマさんの介護を続けられたのだから、結果的にはそれが正解だったのだろう。私が行かない日は、訪問介護のサービスなどがその役割を担っていた。

そういえば、一度だけ、コジマさんと旅行をしたことがある。コジマさんから、旅に同行してほしいと頼まれたのだ。ある日コジマさんは、自分が自分でなくなる前に、行きたい場所があるのだと切羽詰まった表情で私に訴えた。奈良県にある仏様を、どうしてもその目で直に見ておきたいと言う。

コジマさんと関西へ一泊二日の旅をしたのは、何年も前の春先のことだ。本当なら、コジマさんはひとりで行きたかったに違いない。でも、完全に単独で遠出をするのはもう現実的に不可能だった。まだ、何とか自分の足で歩けはしたものの、めまいや体のふらつきといった症状が出始め、言葉も以前にも増して呂律が回らなくなることが増えていた。

コジマさんが最初にできなくなったことは、靴ひもを結ぶ行為だった。靴の中に足を滑らせることはできても、最後に靴ひもを結ぶ動きができない。自分でやろうとして、手が止まってしまう。自分ができないことを認めたくないのか、靴ひもを結ぶ段階になると、曖昧に誤魔化して指が痛いなどと言い出した。

出かける時は私が結んであげるのだが、歩いているうちに解《ほど》けてしまう。でも自分ではそれを直せないから、コジマさんは解けたまま歩き続ける。危険なので、すぐに面ファスナー式のスニーカーに買い換えたが、それもやっぱり、コジマさんには難しくなった。指先の融通が利かなくなり、健康な人には簡単にできる動作も、コジマさんにはできなくなってしまったのだ。

なるべく自分の力で旅をしたい、というコジマさんの希望を、私は極力叶えてあげたいと思った。どうやら、元気な頃はよく、ひとりで旅に出かけていたらしいのだ。

だから、危険が伴う場面では私がしっかりとサポートしたけれど、そうでない時は、コジマさんがひとり旅の気分で行動できるよう、私は後方や横からの見守りに専念した。

交通量の多い路肩を歩く時や信号のない横断歩道を渡る時は、安全のためコジマさんの腕を取って並んで歩いた。そんな時、コジマさんの横顔を見ると、生き返ったように澄んだ目をしていて、私にはそのことがものすごく嬉しかった。コジマさんが本来の姿を取り戻せるなら、このままずっと旅をし続けていたいとすら思った。

目的地は、奈良県の北東部にある室生寺である。ここに、コジマさんが長年会いたいと願っていた仏様がおさめられていた。

私たちは、まず名古屋へ出て、そこから近鉄に乗って奈良へ向かった。

室生寺は、室生という地区にある。名古屋から近鉄に乗り、室生口大野からはバスを使ってお寺を目指した。

もうすぐ憧れの仏様に会えるという気持ちが膨らむのか、コジマさんは密かに興奮している様子だった。まだ桜が咲く前だったため、人も少ない。バスを降り、室生川にかかる太鼓橋を渡りながら、コジマさんはどうしても自分が早足になるのを止められなかった。

ただ、無茶をするとすぐに足がもつれて転んでしまうので、そして一度転ぶと起き上がるのに苦労するので、私はとにかくコジマさんが転倒しないよう、うまくバランスをとりながら歩くのを密かに支えることに専念した。

立派な三本杉の横を通りすぎ、鎧坂の石段を上る。階段を上りきった先に、金堂の屋根が見えてくる。私はふと、建物が造られた平安時代に迷い込んだような気持ちになった。神社仏閣になどこれっぽっちも興味のない私だけど、その場所に漂う神聖な空気は、確かに感じ取ることができた。

左手に進み、弥勒堂の奥に目をこらす。コジマさんがずっとずっと会いたかったお目当ての弥勒菩薩が、数メートル先に佇んでいた。

コジマさんは、胸の前で合掌したまま、目を閉じている。私もコジマさんの真似をして、仏様に手を合わせた。それからゆっくりと目を開けた。

弥勒菩薩と目が合ったような気がした。コジマさんの斜め後ろにぼんやりと立ったまま、しばらく仏様と向かい合った。

よく来たね。

弥勒菩薩が、私に言った。錯覚かもしれないけれど、私の耳にはそう聞こえたのだ。それから、左手に持っている蓮の花を私に向けて差しだそうとした。私は一瞬、泣きそうになった。よく来たね、の言葉が、よく生きたね、に聞こえてしまったのだ。

弥勒菩薩は、以前コジマさんが見せてくれたポストカードで想像していた大きさより、ひとまわりもふたまわりも小さかった。小さくて、とてもかわいらしかった。

この仏様は、はるか昔、奈良時代末期に彫られたのだという。歴史になんて全く興味がないけれど、千二百年もの時を経て、こうして自分と対面していることは、すごいことなんだということだけは、なんとなくわかった。弥勒菩薩の木肌は、まるで目から涙を流しているように見える。

ふと思い出して、コジマさんの様子をうかがった。回り込んで表情を盗み見すると、コジマさんは仏様と全く同じ、完璧すぎるほどの笑みを浮かべて、仏様と向き合っていた。

その姿はまるで、鏡ごしに向かい合っているようだった。そんな優しいコジマさんの表情に出会えただけでも、朝早起きして、はるばる室生寺までやってきた甲斐があったと思った。

私が「コジマさん」をぼんやりと思い出す時、いつも真っ先に脳裏に甦《よみがえ》るのはあの時のコジマさんの、春の夕暮れみたいな柔らかい微笑みだ。今となっては写真に残しておけばよかったと後悔しているけれど、私の心の中にはいつだってあの時のコジマさんがいる。

感動の余韻をしんみりと味わいながら、更に奥へと続く石段を進んだ。立派な桜の枝が、道を塞ぐように伸びている。蕾《つぼみ》が、今か今かと春の到来を待ちわびていた。

本堂に上がって靴を脱ぎ、今度は御本尊である如意輪観音と対面した。

「いいお顔ですね」

まるで独り言のように、コジマさんがつぶやいた。

目の前の如意輪観音は、本当にとろけそうなほどの優しい笑みを浮かべている。その微笑みを見ているだけで、私の心までが陽だまりに包まれているような温かい気持ちになった。仏像をそんな気持ちで見たのは、生まれて初めてかもしれない。

コジマさんになるべくひとり旅の気分を味わってほしかったので、その後しばらく別行動にした。お寺の境内だったら、多少距離が離れても大丈夫だろうと判断したのだ。

私たちは、互いに縄張りを守る義理堅い猫のように、相手の時間と空間を邪魔しないよう気を配りながら思い思いに時間を過ごした。室生寺には他にも、釈迦如来坐像や十一面観音菩薩立像など、貴重な仏様が多数おさめられている。

宿は、お寺のそばの民宿をとっていた。

夕方になってもまだ外が明るかったので、近くにある室生山上公園までゆっくりと散歩する。歩いていると、山の中腹からもくもくと霞《かすみ》が生まれ、広がっていくのがはっきり見える。素朴な民家の佇《たたず》まいといい、誰もいないかのような静けさといい、桃源郷を歩いているみたいな気持ちになった。

目を閉じると、さっきまで向かい合っていた仏様の姿と、陽の光のように優しく注がれる柔らかな微笑みが、かげろうのように浮かび上がるのを感じた。自分の中に、仏様を愛おしいと感じる心があることに気づいて、ハッとする。

すると、コジマさんがはっきりと、そしてゆっくりと、私にも聞こえる声で言った。

「あの仏様が、一本の木の中から彫り出されたということが、すごいことなんですね。そこの木にも、あそこの木にも、同じように仏様が宿っているってことですから」

あの時のコジマさんの言葉が、なぜか私の胸の深い深いところに刻まれた。

その後、宿に戻り、コジマさんと向かい合って晩御飯を食べた。私は、生まれて初めて山菜料理というものを口にした。ところどころほろ苦くて、最初はあんまりおいしく感じなかったけれど、食べているうちにだんだん味に慣れて、食べ終わる頃にはもっと食べたいという気持ちになっていた。

コジマさんは、少しだけビールを口に含み、すぐに酔いが回った様子だった。コジマさんの病気にアルコールがどう影響するのかはわからなかったけど、コジマさんが一瞬でも開放的な気分を味わえるのなら、それはそれでいいのかもしれないと思った。

あの旅で、コジマさんは自分の感情をしっかりと味わうことができたのだろうか。

そのことについて、本人は何も言わなかったけれど、どうかそうであってほしいと、私は世界中の神様と仏様に祈るような気持ちで、今でも思うのだ。


なぜか最近、あの時のふたり旅のことをよく思い出す。正直、最初はあまり気が乗らなかった。でも今から思うと、あの時コジマさんと室生寺に行っておいて本当によかった。コジマさんと旅行したのはそれきりで、あれがコジマさんにとっては人生最後の旅になった。夜、コジマさんの横に布団を敷いてコジマさんの鼾《いびき》を聞きながら、家族ってこういう感じなのかもしれない、というのを私はうっすらと感じていた。その感覚は、決して不快なものではなかった。

あの旅で、私はたくさんのお土産をもらった気がする。そのお土産は、今も私の心を支えてくれているし、時には心の引き出しから取り出して、眺めたり手のひらにのせたりすることで、大きなエネルギーを与えてくれる。

コジマさんと共に過ごした物静かな十数年がなかったら、私はもっと違うタイプの人間になっていたはずだ。コジマさんはもともと寡黙《かもく》な人で、言葉では何にも言わなかったけれど、自分の体というか人生そのものを使って、生きることの尊さみたいなものを、私に教えてくれた気がする。

コジマさんに会わずにあのまま自暴自棄になって人生を突っ走っていたら、私はとっくにこの世界から消えていたかもしれない。

コジマさんが亡くなってから、自分にとってはコジマさんこそが命の恩人であると気づいた。介護の後半、私は確かに、コジマさんに対しての感謝の気持ちを感じていた。面と向かって、ありがとう、とはなかなか言えなかったけれど、心の中には、コジマさんへのありがとうの気持ちが、ぎゅぎゅっと、上から押さえつけたお弁当のご飯粒みたいに詰まっていた。

だからこそ、コジマさんが亡くなってしまったことはすごくすごく悲しかったし、もう会えないということも、正直ものすっごく辛かった。悲しみを抱えたままアパートに引きこもってしまったら、それこそ動けなくなっていたかもしれない。

だからやっぱり、すぐに老人ホームに職を得て働き始めたことは、正解だったような気がする。


最初の数ヶ月間は、仕事を覚えるため昼間だけの勤務だったが、来月からは、いよいよ私も夜勤のシフトに入らなくてはいけない。正直、これまで規則正しい生活をしてきたので、夜勤に入るのはハードルが高い。職員の中には、その方が給料がよくなるので積極的に夜勤を希望する人もいるけれど、私の場合、できれば昼間の勤務の方が望ましかったりする。

でも、当たり前だけれど、老人ホームに休みはない。三百六十五日二十四時間、誰かしらがお年寄りの間近でケアに当たらなければ機能を失ってしまう。

いきなり徹夜をするのはさすがに無理だろうと判断し、今月から、休みの前日は朝まで起きている練習を始めた。

ただ、アパートにいると自分のベッドが目に入り、そうするとどうしても横になりたくなってしまう。高校生の頃は、施設を抜け出して平気で朝まで遊んでいたし、三日連続で徹夜することだってざらだった。でも、今の私にそれは無理だ。体に、規則正しい睡眠の習慣が染みついている。

一番の睡魔が襲ってくる夜明け前の時間帯、眠気覚ましに外に出た。歩いていれば、だんだん頭が冴えて目が覚めてくる。数日前に梅雨が明けて、外はミストサウナみたいに蒸し暑かった。

首に巻きつけたタオルで、汗を拭きながら歩く。すぐに背中が汗でびしょ濡れになった。Tシャツの生地が背中に張りついて気持ち悪いが、このまま我慢して歩くしかない。

帰りに、自分へのご褒美として何かアイスでも買って帰ろう。今日は、どのアイスにしようかな、それとも暑いからアイスじゃなくてかき氷にしようかな、などとしょうもないことを考えながら遊歩道を歩いていたら、向こうから、ぼんやりとした光のかたまりが近づいてくる。なんていうか、輪郭そのものがぽーっと闇の中に浮かび上がり、ゆっくりと私の方へ向かってくるのだ。

一瞬、宇宙人かと思って身構えた。でも、どうやら私と同じ人間のようだ。すれ違いざま、相手と目が合う。

お互い、ほんの一瞬だけど強烈に見つめ合ったような気がした。そして、あ、と思った瞬間、向こうが先に声を発した。

「こんばんはぁ」

宇宙人のように見えたのは、リムジン弁当の店主だった。

「こんばんは」

私も立ち止まって挨拶する。割烹着を着ていないし下駄も履いていないから、ちょっと別人みたいな気もするけれど、確かに彼だ。

咄嗟に、あの時もらった餡パンの味を思い出した。あんこに塩味が効いていて、ほんのり桜の味もした。パン生地もふっくらと焼けていた。今まで食べた餡パンの中で、抜群のおいしさだった。近くにオーブントースターも電子レンジもなかったから結局そのまま食べたけれど、それでも十分おいしさが保たれていた。

火葬場の横にあった公園のベンチに腰掛けて、思いっきりかぶりついたのだ。そのことを、まさに今、もうひとりの自分がすぐ横でそれをやっているみたいにリアルな感覚として思い出した。

「ごちそうさまでした」

私は言った。店主がきょとんとしているので、

「餡パン、おいしかったです」

すぐに言葉を補足する。

「あぁ、あの時のね。それはよかったぁ」

店主が、本当に嬉しそうに目を細めた。それから、

「お散歩ですか？」

とたずねた。

「そうなんです。もうすぐ夜勤が始まるので、徹夜に慣れておこうと思って。今、老人ホームで働いているんです」

意外にすらすらと言葉が出る。

「僕はこれから出勤です」

「えっ？」

驚いて、思わず店主の顔を凝視した。出勤って？　まだ、夜明け前なのに。

「だいたい朝の四時には店に入って、お弁当の準備をしないと間に合わないから。開店は一応九時にしてるんですけど、学校に通う子どもたちの分で、家の人が仕事でお弁当作れない日は僕が代わりに作ってるんで。そういう子たちは通学途中にお弁当を取りに来るので、朝七時にには詰め終わっていないと間に合わないんですよ。部活で、朝が早いから」

「大変なんですね」

のんびりと自分のペースで気ままにお弁当屋さんをしているのかと思っていたら、大間違いだ。夜勤のシフトを入れたくないと、ジタバタしていた自分が恥ずかしくなる。

「慣れてしまえば大丈夫なんですけど。冬はさすがに辛くて」

すると向こうから、ひたひたと足音が近づいてきて、立ち止まっていた私たちの横をひとりのおばあさんが通り過ぎた。

おはようございます、と店主が朗らかに声をかけると、おばあさんも、おはようさん、と挨拶する。

おばあさんが手に持ったリードでつないでいるのは犬ではなく、ぺしゃんと鼻先が潰れた生き物だ。一瞬自分の目を疑ったが、確かによちよちとマッチ棒みたいな四本足で歩いている。

「保護豚らしいですよ」

おばあさんとその生き物の後ろ姿が遠ざかってから、店主が小声でささやいた。

「彼女、うちの常連さんだったんです。でも、旦那さん亡くされてから、あんまり店に顔出さなくなって。

もともと、ペット用のミニ豚は旦那さんが飼い始めたらしいんですけど。

庭の一角に冷暖房完備のすごい立派な豚舎を造って、溺愛していたらしいです。

以前はよく、お弁当をふたつ買いに来てくれてたんですよ。たった今、久しぶりに会ったんですけど、元気そうでよかったな」

そんな人が近所に住んでいたなんて、私は全然知らなかった。

「お時間、大丈夫ですか？」

店主が店に向かう途中だと話していたので、自分と話していて平気なのかふと気になってたずねた。

「あ」

店主がちらっと腕時計に目をやって、穏やかに笑う。

「なんか、お会いしたらついいっぱい話したくなっちゃって」

私が密かに思っていたことと、全く同じことを店主が言った。

本当は、このまま一緒にリムジン弁当までついて行きたいような気分だった。寝ていないせいで、頭がハイになっているのかもしれない。でも、その理由というか言い訳を、自分でうまく作れそうにない。だから、身体中の勇気を総動員して、私は言った。

「オジバさんのお話、今度、もっと聞かせてもらっていいですか？」

実は、あれ以来ずっと、オジバのことが気になっている。

「もちろんですよ！　ぜひまたお店に来てください。僕、金曜の夜だったら、割とのんびりしてるんで。次の日の仕込みなしに丸々休めるのが土曜で、その前の日だから」

「ありがとうございます」

この人となら、友達になれるかもしれないというかすかな予感が胸をよぎる。

「申し遅れたんですけど、僕、リムジンって言います。理想の理に、夢に、人って書きます。

オジバがつけてくれた名前です」

「私は、小島小鳥です」

コジマさんと養子縁組したせいで、私は小島の姓になっていた。韻を踏みすぎていて、なんだかお笑い芸人みたいで恥ずかしいのだが。

「へぇ、かわいい」

語尾に赤いハートマークをくっつけたような声で、リムジン弁当の店主が言った。

「よろしくお願いします」

店主が私の前に右手を差し出す。

気がつくと私は、その手にそっと自分の手を合わせていた。軽くではあったけど、握手は握手だ。コジマさん以外の異性、特に同世代の男性との握手は、いくらやろうとしても自分がどうしてもできない行為のひとつだったはずなのに。

まるで自分じゃないみたいだと思いながら、手のひらと手のひらのかすかな体温の違いを感じる。

自分でも信じられなかった。本当は、奇跡としか言いようがないほど、私にとっては画期的な出来事だ。

「おやすみなさい」

店主の言葉にハッとして、思わず手を引っ込める。もしかすると、ずいぶん長い間彼の手に触れていたのかもしれない。一瞬、時間が止まったように感じた。

「おやすみなさい」

うっすらと白んできた夏の朝焼けの空を見上げながら、私は言った。私の夏の一日はこれで終わり、彼の夏の一日はこれから始まる。

私は再び歩き始めた。また一歩ずつ、距離が離れていく。

リムジン弁当の店主の、理夢人さん。

自分のことを捨て子だと言った、理夢人さん。

オジバに育てられた、理夢人さん。

心の中で、大事にとっておいた綿菓子を溶かすような気持ちで、たった今知ったばかりの彼の名前をつぶやいた。

こういう気持ちになるのはずいぶん久しぶりだな、と感じながら、私は中学時代の大親友、美船のことを思い出していた。


あの日、私に電話をかけてきたのは、美船のお母さんだ。

私はちょうど、これから美船とデートに行くための準備を整えている最中だった。

「みぃちゃんが、みぃちゃんがね」

電話口で、おばさんは声を詰まらせた。

おばさんはいつも、娘である美船のことをみぃちゃんと呼んでいた。だから、電話をかけてきているのが美船のお母さんだというのはすぐにわかった。おばさんはどこか外にいるらしく、背後から騒々しい音がした。

何も知らない私は、もしかして、美船がおなかでも急に痛くなって、デートの待ち合わせに遅れるのかもしれない、などと能天気なことを思った。でも、全然そんなんじゃなかった。

「し、しし、ししししし」

おばさんは、引きつけを起こしたみたいに、し、としか言えなくなった。

そのうち、どうやらおばさんが泣いていることがわかってきた。そして、だんだん怖くなって、おばさんの言葉の先を知るのが嫌になった。

もう、よくわからないから電話を切ろう、もしかするとこれは悪戯《いたずら》電話か間違い電話かもしれない、と強引にそう思いかけた時、おばさんがはっきりとした声で言った。

「死んじゃった」

それからおばさんは、聞いたことがないような声をあげて号泣した。電話回線を通して、おばさんの涙が川となって私の耳まで流れこみそうだった。

それでも、私は事態がよく飲み込めなかった。だって、美船とは昨日も会ったし、今日だって、これから会う約束をしている。だから、私はおばさんが何か混乱しているのかもしれない、とそう思った。もしかすると、飼っていた金魚が死んでしまったんじゃないかと。

「大丈夫ですか?」

だから私は、あえて軽い口調でたずねた。事を大袈裟にしたくなかった。けれど、電話口のおばさんからはもう、すすり泣きの声しか聞こえてこなかった。

その後、電話口に美船の父親が出て、私はおばさんがさっき口にしたことが本当だと知らされた。それからのやりとりについては、ほとんど覚えていない。

気がつくと私は、なぜか美船が去年の誕生日にプレゼントしてくれたアメジストのネックレスを握りしめ、その場所へ向けて走っていた。美船が転落したという場所は、私たちがよくアイスを買って長々とおしゃべりをしていたコンビニの、すぐ近くのビルだった。

息を切らして現場に駆けつけると、そこにはもう誰もいなかった。美船が飛び降りたのは、朝方だったという。だからもう、六時間くらいは経っていた。規制線もなくて、ただうっすらと水たまりの跡のようなものが残されていた。

花束が置かれていたので、そこが現場なのだとわかった。私は、通りを挟んだ反対側に立って、その場所を見続けた。本当に、そこに美船の体が広がっていたのだろうか。

なんで？

美船に問いただしたいのは、そのことだった。美船の胸倉をつかんで、そう怒鳴りつけてやりたかった。

だって、昨日まであんなに元気だったじゃない。今日だって、私とデートの約束をしてたじゃない。

え、もしかしてこれがデートってこと？　私と美船との今日のデートは、これってこと？

美船、意味わかんない。全然わかんないよ。美船、何があったのか、ちゃんと私に説明してよ。黙ってちゃ、わかんないでしょ。

老後にふたりでママになる話は、なんだったの？

私、本気にしてたんだよ。

でも美船がいなかったら、私、チーママになれないじゃん。どうしてくれるの？

美船は私の人生計画までめちゃくちゃにしたんだよ。その責任をどうとってくれるの？

美船にどんなに嫌われてもいいから、私は美船を怒鳴りつけて、突き飛ばしてやりたかった。裏切り者。

なんで私を残して、自分だけ先に逝ってしまうの？　自分だけ楽になるなんて、美船、ずるすぎるよ。

そんなことをする美船とは、永遠に絶交だ。もう一生、口利いてあげないんだから。美船がかわいいってほめてくれた服だって、もう絶対にあげないんだから。このネックレスだって、もう美船に返すよ。こんなの、いらない。美船がくれたものなんて、私、もういらないから。

バッカじゃないの？

自分を何様だと思ってんだよ。美船は自意識過剰すぎるんだよ。

あんたなんかねぇ、あんたなんかいなくたってねぇ、世の中は、痛くも痒くもないんだよ。へっちゃらなんだよ。何にも変わらないんだよ。中学生がひとりやふたり、子どもを産んだくらいで、世間は別に気にしてないよ。気にしてたのは、あんただけだよ。

だから、死んだって、なんの意味もないんだよ。

ほら、わかる？

あんたが死んだ現場の匂いをかいで、犬がおしっこしてるでしょ。

あそこに花束が置いてあるのに、誰も気づかないで通り過ぎて行くでしょ。

無情なんだよ。

世の中は、無常じゃなくて、無情なの。

パンドラの箱の蓋が開いたみたいに、私はあの時の出来事と感情を、全部全部思い出していた。まるで、あの時の道を歩いているみたいな気分になる。目に涙があふれた。

それからあの日私は、ふらふらと歩いて駅に行き、電車に乗って、美船の家へと向かったのだ。どうしても、美船に会いたかった。でも、会いたくなかった。会ったら、美船の死を認めてしまうことになる。でも、一番会いたいのは、美船本人だった。この悲しみを分かち合える人は、この世界に美船しかいない。私は、美船に抱きつきたかった。

けれど、結論から言うと、私は美船に会えなかった。

美船の遺体はまだ家に戻ってきていなかったし、戻ってきていたとしても損傷があまりに激しすぎるため、会うことはできないというのだ。

美船のおじさんだという人に、私は自分が家から持ってきたアメジストのネックレスを手渡した。うまく説明ができたのかどうかはわからない。でも、美船に手向けることができるのは、それしか思いつかなかった。美船が、そのネックレスをとても気に入っていたから。

美船の体は、ほどなく荼毘《だび》にふされたという。

やっぱり、どんなにボロボロでも姿形がわからなくても構わないから、最期の美船に会いに行けばよかった。会って、愛していると伝えればよかった。そのことを、私はずっとずっと悔やんだまま生きている。

もしも、美船に私の秘密を打ち明けていたら、あの子は死なずに済んだのかもしれない。

家に帰って自分のベッドに倒れこんでからも、私はずっとそんなことを考えていた。

大変なのは、自分だけじゃない。

美船は、ひとりじゃない。ここに、仲間がいる。己の人生と、共にたたかう戦友がいる。

そのことを知らせていたら、美しい船は壊れずに済んだんじゃないのか。美船を死に追いやったのは、もしかして自分なんじゃないの？

そう考えると、本当に胸が苦しくなった。私さえ安いプライドにしがみついたりしなければ、今も私の隣で、美船は笑っていたかもしれないのに。

私は、永遠に自分の秘密を告白するチャンスを失ってしまったのだ。

「ねぇ、美船。聞いてくれる？　うちの母親って、セックス依存症なんだよ。そのせいで私、トイレで寝てるんだよ。最悪でしょう？　笑っちゃうでしょ？」

そんなふうに美船に気軽に話せていたら、美船の人生の航路が、ちょっとはずれて、こんな結果にならずに済んだかもしれないのに。

告白するなんて、簡単なことなのに。

それを告げたところで、美船が私を軽蔑したりなど、しないのに。

当時の私は、どうしても勇気がなくて、そのことを美船に告げることができなかった。

美船は、たった一言、ごめんなさい、という言葉を残して死んだそうだ。

あの日、美船のおじさんだという人が、教えてくれた。

ごめんなさい？

美船は、何にも悪いことなんかしていないのに。

誰にも謝る必要なんかないのに。

ごめんなさいは、美船が言うんじゃなくて、美船の方こそ言われなきゃいけない言葉のはずなのに。

最期に美船の見た景色は、どんなだったのだろう。そこにはちゃんと、美しい空が広がっていたのだろうか。

せめて、そうであってほしいと私は願う。


久しぶりに朝焼けの空を見たから、美船のことを思い出したのだろうか。いや、違う。理夢人さんに会ったから、私は美船のことを思い出したのだ。理夢人さんが、私に、友情の味を思い出させてくれたのだろう。

ね？　きっとそうだよね？

私は、どこかにいるだろう美船の魂に話しかける。

美船は何も言わないけれど。私が話しかけても、いつだって知らんぷりしているけれど。

アパートの近くのコンビニに寄って、アイスを買った。

アイスを、美船はいつも幸せそうに食べていたっけ。そんな美船のかわいい顔を見ながら、私もアイスを食べて幸せな気持ちになっていた。

会いたいなー。

会いたいよー。

今すぐ美船に会って、ぎゅっと両手で抱きしめたい。そして、耳元で、好きだよ、愛しているよ、ってちゃんと自分の声で伝えたい。

大人になった美船と、買い物をしたり旅行をしたり、食事に行ったりしたかった。

美船はきっと、通り過ぎた人みんなが思わず振り向くほどの絶世の美女になっていたはずだ。そんな大親友を見せびらかしながら、私は美船とデートしたかった。

アイスを食べ終えてから歯を磨き、ベッドに横になると、身体中のブレーカーをオフにしたような深い眠りがやってきた。なんとなく、夢で美船を見かけたような気もするけれど、それは私の錯覚か願望のような気もする。

美船が逝《い》って、コジマさんも逝って、私だけがこの世界にぽつんと取り残されている。

結局、リムジン弁当に足を運べたのは、夜更けの散歩でばったり会ってから、二月以上経った金曜日の夕方だった。季節はもう、秋の入り口に差しかかっている。

「いらっしゃいませぇ」

ほんの少し気合を入れて扉を押すと、すぐにカウベルの音に気づいた店主が顔を上げた。

「わぁ、本当に来てくれたんだ、ありがとう」

幼い子どもが無邪気に描いたお日様みたいな笑みを浮かべて、店主が出迎えてくれた。理夢人さんに会うのは今日で三回目だけれど、いつだって、この人は光輪のようなものに包まれている。

「どうぞ」

勧められたのは、最初にお弁当を食べたテーブル席の方ではなく、理夢人さんがいるカウンターに面したスツールだった。

「お弁当、まだありますか？」

客として来たことを強調するため、私はきょろきょろと辺りを見回しながら言った。

「ありますよ。今日のメニューは、大人のためのお子様ランチです」

里芋の皮むきをしながら、朗らかな口調で店主が言う。

「大人のための、お子様ランチ？」

なんだか声に出して言うだけで、気分が上向きになった。

「よくお弁当を買いに来てくれるケイコさんの離婚が成立したから、そのお祝いなんです。今日はケイコさんの独立記念日を、密かにみんなで祝福したんですよ。詳しい事情を知っているのは、僕だけだけど」

「離婚をしたのに、ですか？」

「はい。やっと、離婚することができたから。

あ、小鳥さん、なんか飲みますか？　なんかって言っても、実はビールしかないんだけど」

理夢人さんの言葉に、私は曖昧に頷いた。

「ちょっとだけ」

実はそれほどお酒に強くない。というか、アルコールにものすごく弱いのだ。以前は、全く飲めなかった。でも、歳を重ねるうちに、少しだけなら飲めるようになった。

「じゃあ、ほんの少しね」

そう言いながら、理夢人さんが水用のコップにビールを半分だけ注いでくれる。私の聞き間違いでなければ、さっき、理夢人さんは私を小島さんと呼んだ。小島さんではなく、下の名前の方で。

「今日も一日、お疲れ様でしたぁ」

ねぎらいの言葉と共に、理夢人さんが手に持った缶ビールを持ち上げる。

なんとなくそう言うのがマナーのような気がして、私も言った。

「お疲れ様でした」

それからコップと缶を軽くぶつけて、乾杯する。ほんの少し喉の奥へと流し込んだビールは、ほろ苦くて冷たく、飲んだ後に思わず深いため息がこぼれた。

「ケイコさんね、ずーっと我慢してたんですって。もう結婚生活は二十年くらいで、何で別れることにしたかも話してくれましたけど、ケイコさん、離婚は自分自身への落とし前で、やっとそこまで自分が成長した証《あかし》なんだ、ってめっちゃ笑顔で言ってました。

報告しに来た時の顔がものすごく晴れ晴れしていて、そんな表情の彼女を見たことがなかったから、あ、この人は離婚して本当によかったんだな、って思ったんです。それで、おめでとう、って伝えました。離婚した人にお祝いの言葉を贈るなんて、不謹慎かな、って思ったりもしたけど。

お祝いに好きなお弁当を作ってあげますよって言ったら、お子様ランチって即答されて。それで今日はお子様ランチになったんです」

話しながらも、理夢人さんはひたすら指を動かして、ひとつずつ丁寧に里芋の皮をむいている。

「あ、もうお弁当召し上がりますか？　それとも、もう少しビール飲んでからにします？」

理夢人さんに聞かれ、自分のコップが空っぽになっていることに気づいて自分で自分に驚いた。いつの間に飲んでしまったのだろうと不思議に思いながら、調子に乗って、ビールをおかわりする。

「これ、よかったらつまみにどうぞ。山形からさっき届いた昔ながらの里芋です。いっつもお世話になっている農家さんが、この季節になると送ってくれるんです。塩とオリーブオイルをつけて食べると、おいしいですよ」

理夢人さんが、カウンターから手を伸ばし、私の前に里芋を載せた皿を置いた。箸と箸置き、それにオリーブオイルと塩の入った小皿もセットしてくれる。里芋なんて、おそらく人生でも何回かしか口にしたことがないはずだ。

口に含んだ瞬間、舌の上に土の香りが広がった。ものすごくふわふわしていて、お餅みたいだ。世の中にこんなにおいしい食べ物があったのかと、私は雷に打たれたような気分になる。あまりに衝撃的で、私は何も言えなかった。すると、

「ねっとりしてて、おいしいでしょう？」

理夢人さんが言った。

「お弁当、いただいてもいいですか？」

里芋ですっかり食欲に火がついて、私は言った。

「もちろんです。今、持ってきますね」

その間に、残りの里芋を口に運ぶ。今度はたっぷりとオリーブオイルを絡めて食べる。人生のしめくくりにこの里芋を食べることができたら、最高に幸せかもしれない。

「どうぞ」

理夢人さんが奥から持ってきてくれたのは、丸い形の木でできたお弁当箱だった。てっきり前回みたいによくある紙のお弁当箱を想像していた私は、戸惑ってしまう。

「これは？」

おずおず私がたずねると、

「あ、これはマイ曲げわっぱです。基本的に常連さんには、お弁当箱を自分で用意してもらってるんです。おすすめはこの、秋田杉の白木の曲げわっぱですけどね。

小さいお子さんが幼稚園に持って行くお弁当はアニメのキャラクターの入ったのとか、育ち盛りの高校生はとにかく量がたくさん入るのとか、自分で自分のお弁当箱を持ってきてもらって、それに詰めて渡すんですよ。

お弁当箱の大きさによって、プラス百円とか、マイナス百円とか決めておいて。店の横に回収ボックスが置いてあるので、お客さんは閉まっている時間でもそこに置いていってってくれるんです。

　お弁当箱が一個だけしかないと不便だから、毎日買いに来るような常連さんは、何個かお弁当箱を常備して、それを回しながら使ってます。

　自分のお弁当箱を用意できなかった場合は、有料で紙のお弁当箱に詰めますし、一見さんだったり、不定期でたまに来てくれる人のために毎日何個かは紙のお弁当箱に詰めて売ってるんですけど、紙だと最後ゴミになっちゃうから、僕としてはなるべく使いたくなくて」

「そうだったんですね」

　ということは、この間私が食べたのは、臨時で紙の方に詰められたお弁当ということになる。

「でも、これをいただいちゃって、いいんですか？」

「大丈夫です。僕のなんで。どうぞ食べてください。僕は、さっき頂き物の惣菜パンを食べちゃって、お腹がいっぱいだから」

　理夢人さんの言葉に背中を押され、申し訳ない気持ちになりつつも、曲げわっぱの丸い蓋をそっと持ち上げた。

　まず最初に目に飛び込んだのは、紙でできたフランスの国旗だった。オムレツの上にかかっているケチャップの赤がまぶしい。オムレツの横にあるのは、鶏の唐揚げだろうか。唐揚げの隣には、エビフライもある。

　大人のためのお子様ランチを前にしたら、胃をぎゅーっと握りつぶされたみたいに、急激に空腹をもよおした。

いてもたってもいられない気分で箸を持ち、お弁当を食べ始める。もっとゆっくり食べたいのに、そんな呑気なことは言っていられない状況だった。

「どうですか？」

途中で理夢人さんが、私の顔をのぞき込むように聞いてくる。でも私は、この興奮を、どう言葉にしていいのかわからない。

曲げわっぱの下半分に詰めてあるのはチキンライスで、その上にいくつかおかずが載っている。丸いお弁当箱の中に、遊園地が作られたみたいだ。どのおかずを口に含んでも楽しくなり、食べれば食べるほどお腹の底から笑い声を上げたくなる。もし私がダンサーだったら、喜びのあまりその場でくるくると踊っていたはずだ。

「喜んでいただけて、よかったです。ケイコさんの、新しい人生の門出ですからね。みんなでこのお弁当を食べて元気になったら、きっとケイコさんにもそのエネルギーが届くんじゃないかって」

そんなことを言いながら、また理夢人さんが私のコップにビールを注いでくれる。

「ケイコさんって、かわいいんですよ。今はまだ無理だけど、いつかお金を貯めたら、ひとりでパリに行きたいんですって。それで、エッフェル塔に登って、上から大声で叫びたいんだって」

「あ、それでお弁当にフランスの国旗が？」

そう言いながら、私は頭の片隅で大事なことを思い出しそうになっていた。でも、思い出せなかった。

ケイコさんは、エッフェル塔の上からなんて叫ぶのだろう。自分だったら、なんて叫びたいだろう。一瞬考えたけれど、答えは出ない。

「そうだ、小鳥さん、オジバのことが聞きたかったんですよね」

思い出したように理夢人さんが言う。

「そうなんです」

神妙に答えながら、箸置きの上に箸を戻した。さっきまで曲げわっぱの中をぎゅうぎゅうに埋め尽くしていた色とりどりの遊園地は、すべて私の胃袋へと移動した。今度は私のお腹の中で、遊園地が愉快な音色を奏でている。

「多分、長くなってしまうと思うんですけど、大丈夫ですか？」

「もちろんです」

背筋を伸ばしながら、私は答えた。

「じゃあ、話します。でも、その前にちょっとおトイレに行かせてください」

理夢人さんはおどけたような仕草で割烹着を脱ぐと、カウンターを出てトイレに向かう。私は、曲げわっぱの蓋をそっと元に戻しながら、理夢人さんが出てくるのをじっと待った。リムジン弁当という異次元の世界に迷い込んだみたいに、なんだか頭が浮かれていた。

「何から話し始めたらいいいんだろう？」

トイレから戻ってくると、理夢人さんはちょっと困ったような表情で天井を見上げてから、とつとつとオジバのことを話し始めた。

「オジバが、自分は周りの人と違うってことに気づいたのは、子どもの頃だったそうです。女の子の服に興味があって、好きになる子は男の子で。でも、そういうオジバを、お母さんがちゃんと受け入れてくれたそうなんです。

お父さんは、オジバが生まれてすぐに亡くなって、お母さんが女手ひとつで育ててくれたんだって。オジバにはお姉さんがひとりいて、貧しかったけど、でも食べ物だけはちゃんと食べさせてくれたって言ってました。

でも、お母さんもまた、オジバが中学生の時に病気になって、亡くなっちゃったんですよ。それからは、お姉さんとふたりで、助け合いながらなんとか生き延びたって。その頃が、オジバの人生でいちばん過酷だったそうです。

今でこそ、トランスジェンダーと呼ばれるマイノリティーの人たちの存在が認められつつあるけど、オジバの時代は、オトコオンナとかってからかわれたり、陰湿ないじめにあったり、時には暴力を振るわれたり、散々だったって。

こないだも話したんだけど、オジバは昔、この近くで『サンサーラ』っていう連れ込み宿をしてたんですよ。今でいう、ラブホですかね。

サンサーラっていうのは、輪廻転生を意味するサンスクリット語で。そのサンサーラに捨てられていたのが、僕なんですけど。だから、僕の生まれた場所は、ホテルサンサーラなんだって思ってます。

なんでオジバがそういう宿をしていたかっていうと、まぁ、他にあまり選択肢がなかったからっていう現実もあったかもしれないんだけど、そういう男女の営み、オジバはそういう行為を、よく凹凸《おうとつ》って言ってましたけど、それがいかに大事か、知っていたからなんです。凹凸によって、人の命が誕生する。それは最高に素晴らしい行為だ、って」

「オートツ？」

あまりにも不思議な響きに、思わず話の流れに割り込んでしまう。

「そうです。デコボコって漢字があるじゃないですか？　その上と下を入れ替えて、凹凸。意味はおんなじですけどね。要するに、男女の秘め事です」

「はい、わかりました」

頭の中に、オートツの漢字を描きながら私は言った。理夢人さんが話を続ける。

「オジバは、体はオトコで心はオンナに生まれて、パートナーはその逆で、小百合《さゆり》ちゃんっていうすっごくチャーミングな人で、しようと思えば凹凸もできたんだけど、でもやっぱり、違うんですって。

だって、自分の心としては相手を受け入れたいんです。でも、体はオトコの構造になっているから、意に反する真逆の反応と行動になる。その、心が望むものと体の行為のズレっていうか、そういうのを、オジバはどうしたって解決できなくて、愛する人と本当の意味で交わることができないのが辛い、って。だから、自分の夢を他の人に託したっていうのかな。

男と女が本気で愛しあって、睦みあえる最高のラブホテルを作りたかったらしいです。すごい借金をしてサンサーラを造ったって言ってました」

ここで、私は耐えきれなくなって立ち上がった。せっかく理夢人さんが深い話をしてくれているのに、腰を折ってしまうのは申し訳なかったが、もう、我慢の限界だった。

「すみません、トイレに行ってもいいですか？」

さっき、ビールを飲んだからかもしれない。

立ち上がった瞬間、ぐらりと床が揺れた。地震かと思ったけれど、そうではなかった。どうやら、私はビールを飲みすぎてしまったらしい。予想以上に、酔いが回っている。

けれど、それを悟られないよう気合を入れて、私はトイレを目指して一歩ずつ歩いた。

理夢人さんが話してくれた内容は、自分がこれまで生きながら見てきた景色と、あまりにも違う。理夢人さんの言葉が、私の体の中で永遠に出口を見失った木霊《こだま》みたいに反響している。

便座に座って、少し休んだ。やっぱりまだ、地面が波打っている。でも、気持ち悪いとか吐きたいとか、そういう悪酔いではない。どちらかというと、私はふわふわとして気持ちよかった。

水道の水で手を洗うと、なんだか気分がすっきりした。

トイレを出てから、私は思い切って言った。

「私ね、セックスで子どもができるっていう事実を知った時、ものすっごく驚いたっていうか、幻滅したっていうか、がっかりしたんです。あんな行為で、人間ができるのか、って」

もう、理夢人さんに嫌われてもいいや、と半ば自棄《やけ》っぱちになっていた。でも、自分自身の考えを、どうしても理夢人さんにだけは伝えたかったのだ。素面《しらふ》だったら、絶対に話せなかっただろう。ビールが、私の背中を前に押し出した。私は、ビールに感謝した。

理夢人さんがたずねる。

「そっか、これまでの小鳥ちゃんの人生は？」

小鳥さんから小鳥ちゃんになった事実に薄々気づきながらも、私は気づかないふりをして言った。

「サバイバル？

とにかく、最低で最悪でした」

「サバイバルかぁ」

理夢人さんは、しみじみとその言葉を繰り返した。

「子どもの頃の、いい思い出はないの？」

とても悲しそうな表情を浮かべて、理夢人さんは聞いた。冷蔵庫から次の缶ビールを取り出して、勢いよくプルトップを持ち上げる。

「私にも」

ほぼ空になったコップを差し出しながら、私は言った。

頭はまだくるんくるんしているけれど、それが逆に解放されていくようで心地よかった。

「母親とのいい思い出は、ない。でも、中学時代に友達になった美船とは、いい思い出がいっぱいある」

それから、クッと冷たいビールを飲み込んだ。

「私ね、実はまだそういうことをしたことがないんです」

勢いに乗じて、私は軽く打ち明けた。その言葉に、彼がどう反応するのか、この目で確かめたいという気持ちもあった。

「そうなんだ、おめでとう」

理夢人さんが、しっかりと私の目を見て言った。

「だってそれは、小鳥ちゃんが自分を大事に思って、自分を守ってきたからじゃない。自分を愛している証拠でしょ？」

「そんなんじゃないよ」

私は反論して言った。

「しようと思っても、体が動かなくなって、どうしてもできなかっただけだもん」

私の人生にも、何度か、そういう機会はあった。でも、子どもの頃の恐怖を思い出してしまい、決して相手を受け入れることができなかったのだ。

「大丈夫だよ」

理夢人さんは言った。

「小鳥ちゃんは小鳥ちゃんだから。こうしてちゃんと、自分を守ってここまで生きてこれたんだもん。いつかきっと、小鳥ちゃんが心の底から体を重ねたい、って思える人に出会えるよ」

「私が、私を守ったの？」

意味がわからなくて聞き返すと、

「そうだよ、小鳥ちゃんが今ここにいるってことは、小鳥ちゃんが小鳥ちゃんを自力で守り抜いた証だよ」

じっと私の目を見たまま、理夢人さんが言う。

私は、自分さえ我慢すれば、自分以外の全ての人が丸く収まるんだと思い込んで生きてきた。ただそれだけのことなのに。

「オジバがよく言ってたんだ。

本物のオルガズムは、人間にしか産みだすことができない。そこから生まれるのは、愛であり、調和なんだ、って。性器だけで感じてると錯覚してるのは、動物の愛にすぎない、って。

なんか、オジバみたいな人が言うと、真実味が増すなぁ、って思うんだよね」

理夢人さんの言葉を聞きながら、私は眠くて眠くて仕方がなくなっていた。今にも、船をこぎそうになる。

「そろそろ帰るね」

立ち上がった瞬間、眠気と酔いで膝から崩れそうになった。

「無理だよ。そんな状態で帰ったら。

お願いだから、今夜はここの二階に泊まって。僕、押入れに入って、寝袋で寝るし」

「ありがとう」

とろけそうな声で、私は言った。

「じゃあ、これから二階にお布団敷いてくるから、ちょっとだけここで待ってて。パジャマも出しておくし。ちょっと大きいとは思うけど、それ使ってね」

慌てた様子でバタバタと上の部屋へ駆け上がっていく理夢人さんの後ろ姿を、私はぼんやりと見ていた。おなかもいっぱいで、ほろ酔いで、最高に気持ちよかった。

何より、理夢人さんに自分のことを話せた開放感で、私の胸には清々しい風が吹いていた。理夢人さんが、ちゃんと話を聞いてくれたことが、嬉しかった。

「お待たせー」

理夢人さんが、手に歯ブラシを持って駆け下りてくる。

「小鳥ちゃん、お願いだから、歯だけは磨いてから寝て。歯は大事だよ。おばあちゃんになっても、自分の歯でおいしいものが食べたいでしょ」

理夢人さんの言葉に、

「そうだよ、歯は大事にしないと。歯がなくなって、噛まなくなると、脳への刺激が減って、認知症が進むんですぅ」

私は、今働いている老人ホームの入居者さんたちの顔を思い浮かべながら言った。

よろよろと立ち上がって、トイレの前の洗面所で歯を磨く。その間、理夢人さんが、私に触れないよう細心の注意を払いながら、ギリギリのところで私を支えようとしてくれているのがわかった。

理夢人さんはそのままの距離感を保ったまま、私を二階のプライベートな空間まで案内してくれる。

「私、最初に会った時、この人の中身は女の人かな、って思ったんだけど」

酔った勢いで正直に話すと、

「よくそう言われるけど、違うんだな。確かに、オジバに育てられてたくさんの影響を受けたけど、僕は正真正銘のヘテロセクシュアルで、シスジェンダーだよ」

理夢人さんが言った。

「シス？　ジェンダー？」

「自分が自覚している性のことね。生まれた時の性に違和感がなければ、シスジェンダー。それに対して、オジバとか、オジバのパートナーだった小百合ちゃんみたいに、生まれた時に与えられた性別と自分がそうだと思っている性別が違う場合は、トランスジェンダー」

「あ、そういうことか」

私は言った。

「ってことは、私もシスジェンダーで、ヘテロセクシュアル、ってこと？　凹凸はしたことがないけど。でも、もしかしたらシスはシスでも、異性より同性の方が好きなのかもしれない」

「その場合は、シスジェンダーでレズビアンってことになるね。

ま、そのテーマはまた今度ゆっくり話すとして、とにかく今はサクッとパジャマに着替えて、寝る。小鳥ちゃん、明日仕事は？」

「お休みでーす」

思いっきり語尾を伸ばして、私は言った。自分の中に、こんなおどけた自分がいたことが新鮮だった。

「じゃあ、好きなだけぐっすり休んで。僕、鼾かくかもしれないけど、うるさかったら押入れ開けて枕でも投げてくれたら静かになるから。おやすみ」

「おやすみなさーい」

それから理夢人さんが貸してくれたパジャマにそそくさと着替えて、タオルケットに潜《もぐ》り込んだ。理夢人さんの匂いがムンムンで、理夢人ワールド全開だった。眠りは、すぐにやって来た。

夢の中で、美船に会った。

美船は、寝ている私のそばにとことことやって来ると、私の手を取って、無理に体を起こそうとする。

「ちゃんと寝なきゃ、ダメだって」

美船は言った。

私は驚いて、美船を見た。なんだ、美船、死んでなかったじゃん、ここにいるじゃん、と思って安心した。人騒がせだなぁ、冗談もほどほどにしてよね、と私は呆れた気持ちで美船の肩に手を伸ばした。

すると、美船がにーっと笑って、人差し指と中指を立ててピースサインをした。美船は相変わらず、かわいらしかった。

トリコロール。青は、自由。

数時間前に思い出せなかったのは、このことだった。

がんばれよ。

ふいに、美船の声がした。

応援してるから。

小鳥は、負けるな。戦え。生き延びろ。

私は、ずっとずっと、小鳥のそばにいる。絶対に約束する。

だから、小鳥は安心して、空を飛びな。

私は落っこちちゃったけどさ。

小鳥なら、翼があるから自由に羽ばたけるはず。

がんばるよ。約束する。

私は言った。

絶対に絶対に、美船との約束を守ってみせる。

それが唯一、私にできる美船への弔《とむら》いなのだと思いながら。

こうなったら、私は私の人生を生ききってやる。

どんなに無様でカッコ悪くても、生き抜いてみせる。

この人生で、行けるところまで行ってみるよ。

そう、美船に宣言した。

美船の分まで、笑ってやる。

美船の仇《かたき》は、私がとってやる。

だから美船は、青空で、大いに自由を満喫すればいい。

翌朝、お味噌汁の香りで気持ちよく目が覚めた。

もしも自分の過去をチョキンとハサミで断つことができるのなら、私は理夢人と会うまでのすべての人生を、自分から切り離すだろう。

もうすでに、私の新しい人生が始まっていた。

第四章　モーニングステーキ

「おはよう」

なんとなく身支度を整えてから、もぞもぞと階段を下りていくと、カウンターに立っていた理夢人が顔を上げる。

「おはよう」

この人は、なんで朝からこんなにも爽やかな笑みを浮かべられるんだろう。

「朝ごはん、食べるでしょ?」

「うん」

洗面所に直行し、寝癖のついた前髪を水で適当に誤魔化してまっすぐに伸ばす。

「石鹼もタオルもそこに置いてあるからね。化粧水とクリームは、棚に入ってるし」

昨夜のことを、ぼんやりと思い出す。よく考えると、私はしたたかに酔っていた。

「昨日、ビール注ぎすぎちゃったよね。ごめん。なんかつい、小鳥ちゃんと話してるのが楽しくなっちゃって。

気分悪くない？」

「大丈夫」

ガラガラの低い声で私は答えた。理夢人が、小鳥ちゃんと呼んでくれた。昨日からの関係が、リセットされずに引き継がれていることに安堵する。

一瞬だけど、理夢人が、美船の生まれ変わりのような気がした。そんなはずはないと打ち消しつつも、美船の家にお泊まりして次の朝を迎えた時の、なんとなくちょっと恥ずかしいような気だるい空気感がまるで生き写しのようで、目の前にいる理夢人が、姿形を変えた美船のように思えた。その感覚が、ものすごく懐かしいと同時に、ぎゅーっと胸が苦しくなる。

両方のほっぺたに、甘い果物みたいな香りのするクリームを塗りながら、昨日と同じ席につく。小さな窓から差し込む朝の光がまぶしくて、直視できない。

どうやら、理夢人はステーキを焼いているらしかった。でも、これが自分に出されるのか、それともお昼に注文を受けた特別なお弁当のために焼いているのかはわからない。

誰かがこんなにじっくりと、集中してステーキを焼く姿を見るのは初めてだ。理夢人がお茶を出してくれたので、目覚めの一杯を口に含んで味わった。

「あぁ、おいしい」

温かいお茶が、じわじわと体に染み渡っていく。

「このほうじ茶、僕も大好き」

焼き上がったステーキ肉を、理夢人はすぐさまアルミフォイルに包み、更にそれを鍋つかみの中に入れる。

「こうしてしばらく保温しておくと、余熱でじっくりと中まで火が通るから」

ステーキを焼いていた匂いがふわふわと雲のように漂っていて、思わずぐぅっとお腹が鳴りそうだった。

理夢人が、手際よくふたり分のご飯とお味噌汁をよそい、小鉢に沢庵と梅干しをのせる。

「僕、平日はほぼベジタリアンなんだけど、週末だけは肉とか魚をしっかり食べるようにしていて」

保温しておいたアルミフォイルを広げると、いかにもおいしそうな焦げ目をまとったステーキ肉が堂々とした姿で現れる。それを白い皿の上に移し、ふたりの間に置いた。

私の隣の席に理夢人もやってきて、ふたりでカウンターの方を向きながらいただきますをする。味噌汁の中に入っていたのは、丸々一本分の焼き茄子だ。ヒスイ色の焼き茄子が、妖艶な女体みたいに、くにゃりと腰をくねらせお椀の丸みにちょうどよく収まっている。

途中、炊きたての白いご飯の上に海苔を散らし、理夢人がその上に一口大に切ったステーキ肉をのせてくれる。その上に、ちょこんとおろしたてのワサビが添えられた。

「モーニングステーキ。どうぞ召し上がれ」

朝ごはんにステーキを食べるなんて、私のこれまでの人生には無かったことだ。なんだか、逆立ちしたって泊まれっこない、夢の高級旅館に来たみたいにワクワクする。

振り返れば、昨日ここに来てから、「初めて」が続いている。理夢人の周りには、私にとっての初体験がいっぱいある。理夢人と会う前と今では別の人生を生きていると言ってもいいくらい、私の人生はくるりと裏返った。

ステーキは、春の曙みたいな淡い薔薇《ばら》色に染まっている。口に含むと、柔らかな肉質の間から、草原の甘い香りがふわぁっと口いっぱいに飛び散った。

食べてしまうのがもったいないと思いつつ、白いご飯とステーキを交互に口に含み、じっくりと味わいながら咀嚼する。その合間に、お味噌汁を飲む。理夢人が作ってくれた焼き茄子入りのお味噌汁は、とんでもなくおいしい。薄すぎず、濃すぎず、最高の塩梅だ。

「どれも、すごくおいしいよー」

悶絶しそうになりながら私が言うと、

「お褒めの言葉をありがとう」

理夢人が笑い、それから今食べているステーキ肉について教えてくれる。

「素材がいいんだよ。あと、面倒臭がらずにちゃんと下ごしらえをしたしね。お肉は、昨夜寝る前に冷蔵庫から出して、常温に戻しておいたんだ。

このステーキの牛は、牧草牛って言って、牧草だけを食べて育ったの。だから自然な味がするでしょ。牛が牧草だけ食べて育つなんて当たり前に聞こえるけど、実際の食用牛はほとんどがそうじゃない。特に日本の牛肉は不自然なことをいっぱいされて、サシが入るように無理やり作られている。

牛だって、気の毒だよ。せっかく生まれてきたのに、変なものばっか食わされて、幸せじゃないと思う。

でも、この牧草牛は、本来の牛の味なんだ。こういういい素材を、ちゃんと常温に戻してから焼いて、更に焦らずに余熱でじっくり火を通すようにしてあげれば、絶対においしくなるんだ」

理夢人は、自分のご飯茶碗に二杯目のおかわりをよそっている。

「小鳥は？」

聞かれたので、私も、少しだけご飯をおかわりした。ついでに、お味噌汁も足してもらう。

「なんか、不思議じゃない？」

お味噌汁の入ったお椀を手渡しながら、理夢人がつぶやいた。

「だってさ、まだ会って三回目なのに、ここでこんなふうに普通に一緒に朝ごはん食べてるんだよ」

「本当だね」

最初に会ったのは、コジマさんが亡くなった日の夜。二回目は、夜明け前の散歩の時に偶然。そして三回目は、昨日から今日にかけて。

しかも、肉体的には何の接触もなかったとはいえ、同じ屋根の下で一夜を共にした。これまでの私だったら、絶対に絶対に怖くて眠れなかったはずだ。相手が理夢人だから、そんな奇跡みたいなことが違和感なくすんなりできたのだろう。

「同世代の男の人と同じ部屋で寝るなんてさ、しかもその状況で寝られるなんて、魔法にかかったみたい」

私は、正直な感想を伝えた。それから、ふと思い出して、理夢人に質問する。

「サンサーラってまだあるの？」

理夢人は言った。

「それがね、火事で焼けてなくなったんだ。僕が、小学生の時に。火の気のないところからの出火だったから、放火じゃないかって言われたりもして。真相は藪の中だけど。改装中で犠牲者が出なかったのは、不幸中の幸いだったよ。

サンサーラが焼けちゃったことを嘆くより、オジバは誰も怪我したり火傷したり亡くなったりしなかったってことに、喜んでた。一歩間違えば、大惨事につながったから。

それで、もうラブホテルの経営は止めちゃったんだ。またこんなことが起こるといけないから、って。

で、その後、この古いビルに場所を移して、今度は三つのお皿って書く、三皿食堂っていうのを始めたんだよ」

「三皿食堂？」

「うん、サンサーラはメッセージが直接的すぎるってことに気づいたみたいで。まぁ、一種のダジャレ？　とにかく、輪廻転生を意味するサンサーラから、三皿に名前を変えたんだ。その方が、俗世間にまみれて生き残れるって判断したのかもね。食堂っぽい名前だし。カモフラージュみたいなものかもしれない。

オジバ、もともと料理が得意でさ。僕んちは常に貧乏だったけど、食べ物だけは、おいしいものをおなかいっぱい食べさせてくれたんだ。だから僕は、自分の境遇を悲観したことがないのかもしれない。

友達と自分を較べて、自分の人生をかわいそうだって感じたりする隙間がないくらい、次の食事はなんだろう、って、いっつもそればっかり楽しみにしてたから。常に満たされていたんだよね。

子どもの頃は、本当に本当に幸せだった。いつだってオジバが近くにいて、手を伸ばせば大好きなオジバに触れることができたし。オジバが用事でどうしても出かけなくちゃいけない時は、オジバの仲間たちが僕の面倒を見てくれたし。

世間的にはマイノリティーとされる人たちばっかりだったけど、みんな本当に心根の優しい人でね。心底僕をかわいがってくれたんだよ。

でもさ、だんだん僕にも友達ができて、外で遊ぶようになったりして、オジバと離れている時間が増えてきて。オジバ、自分の母性の行き先を探していたんだろうね。

誰かに料理を作って食べさせることで、母性の使い道っていうか、注ぐ先ができたんだと思う。もともとおいしいものを食べて育った人だし、本人が食いしん坊で、食いしん坊だと自分で料理作っても上手く作れるでしょ。

サンサーラ時代もさ、オジバはお客さんに頼まれると、よくパパッと冷蔵庫にあるもので料理を作って、部屋に届けてたらしいんだ。

　オジバは最後、全身に癌が広がっちゃったんだけど、でも亡くなる十日前まで、この厨房に立って料理を作ってた。当時、僕は海外でワーホリしてたんだけど、すぐに日本に戻って、最後の半年くらいはここで一緒に料理を作ってたんだ。

　オジバ、料理を作りながら、料理だけじゃなくて、本当にいろんなことをすべて出し切るみたいに教えてくれた。オジバには、もったいぶったり出し惜しみするなんて文化が全然なくて、本当に誰に対しても気前よく接してた。

　最高に幸せな時間だったなぁ。

　だからさ、今でもここで料理作ってると、オジバと一緒に料理してる気持ちになるっていうか。まぁ、実際のところオジバはまだここにいるし」

「そうなの？」

　私が目を丸くすると、

「あ、その話する前に、小鳥もコーヒー飲む？」

　理夢人が聞いた。その聞き方には、まるで妹とか身内に対するような気安さがにじんでいた。

「飲む」

　私も、あえてぶっきら棒な感じで答えた。

　それからふたりで手分けして食器を下げ、私が洗い物をしている間に、理夢人がコーヒーの準備をする。

「この厨房の中に女の人が入ったのは初めてかも」

理夢人のつぶやきを、私は聞こえなかったふりをして洗い物を続けた。私だって、こういう男の人に会ったのは初めてだよ。そう、理夢人に伝えたかった。

「ふだんはね、僕、腹五分目を意識してるの。お腹がいっぱいすぎても、逆に空きすぎてても仕事に差し障るから。でも、土曜日の最初の食事だけはさ、満腹になるまで食べるって決めてるんだ。

小鳥、ボリュームたっぷりのスタミナモーニングに付き合ってくれて、ありがとう」

理夢人が、私の洗った茶碗や皿を手ぬぐいで拭きながら言った。

「いつもの食事は？」

私がたずねると、

「まず、午前中の仕事が一段落した時に一回。でもって、夕方にむしやしないするんだ。だから、だいたい一日一食半ってとこかな」

「むしやしない？」

聞きなれない言葉を理夢人が口にしたので、頭に大きな疑問符が浮かぶ。

「そっか。一般的にはあんまり使わない言葉だよね。虫を養うって書いて、虫養い。小百合ちゃんが京都の人で、よく僕の小腹がぐぅぐぅいうと、その言い方をしてたんだ。

要は、お腹の虫をなだめすかすってこと。食事ほどたくさん量は食べずに、虫養いしてちょっとの間だけ腹の虫をだまらせるんだよ」

「へぇ。面白い表現があるんだ」

こういう何気ない会話を誰かと交わすこと自体、私には新鮮だった。老人ホームの入居者さんとは、会話はしても、こういうポンポンした感じにはどうしてもならない。

「ところでさ、理夢人はここに住んでるの？」

あれ？　と思いながら、私はたずねた。だって、夜更けの散歩で二回目に会った時、これから出勤だと言ったはずだ。なら、ここ以外の場所に住まいがあって、そこから毎日通っていると考えた方が自然である。

「前は、この二階に寝泊まりしてたんだけど、ここ、お風呂がないしさ。仕事があんまり大変な時は今でもたまにここに泊まるけど、仕事場とプライベートな空間は分けた方がメリハリがつくって気づいて、ちょっと前に駅の向こう側にできたシェアハウスを一部屋借りたんだ」

「そっか、そういうことね」

納得しながら、私は言った。私が、コジマさんのケアをするのに、同じ家には住まずアパートを借りてそこから通っていたのと同じ理由かもしれない。

「コーヒー、濃いめが好き？　それとも薄めがいい？」

理夢人に聞かれたものの、咄嗟には答えられない。第一、私はそれほどコーヒーについて詳しく知らない。

「理夢人が、いっつも飲んでる感じでいいよ」

昨日はまだ、頭の中で「理夢人さん」と丁寧に呼んでいた気がする。でも、一晩経ったら、「さん」が自然消滅して呼び捨てになっていた。

友達との距離が一歩ずつ近づいていく、その過程になんだか胸の奥がきゅんきゅんする。聞き間違いでなければ、理夢人もさっきから私を小鳥と呼び捨てにしてくれている。

私たちは、暗黙の了解で、より親しみを込めて相手を呼ぶようになっていた。

「オッケー。じゃあ濃かったらミルク入れてあげるから」

一通りの作業が終わったので、また席に戻って理夢人がコーヒーを淹れる様子をつぶさに観察する。

挽いた豆をペーパーフィルターにセットし、そこにやかんで沸かしたお湯をサーバーに移し、そこからお湯をぽとぽと落としている。そんなこと、私は面倒臭くてやったためしがない。せいぜい、ひとり分のドリップパックをマグカップにセットして、そこにざざーっとお湯を一気に注ぐ程度だ。

理夢人は、コーヒー豆にお湯を落とす合間に、お揃いの白いカップと受け皿を取り出し、そのカップにもお湯を注いだ。

「なんかお店みたい」

私が言うと、

「だってここお店だもん」

理夢人が言い返す。

こうしていると、子ども時代をやり直しているような気持ちになる。理夢人は、一緒にいても全然緊張しないし、緊張どころか、逆に私は素の自分をさらけ出すことができる。

こうやってコーヒーを淹れているのを見ているだけでも、ふたりでおままごとをしているみたいで愉快な気分になってくる。

「はい、でーきた」

理夢人はカップのお湯を流しに捨てると、そこにうやうやしくコーヒーを注いで私の前に置いた。ものすごくいい香りがする。閑静な住宅街にある、優雅な喫茶店にいるみたいだ。すると、

「昨日僕が焼いたケーキもあるけど、食べる?」

理夢人が聞いた。

「何ケーキ?」

私が問いかけると、

「えーっとねぇ、チョコレートケーキと、チーズケーキ」

冷蔵庫を覗きながら理夢人が答える。

「じゃあ、チョコレートケーキくーださい」

まるで自分の人生じゃないみたいな展開だな、と微笑ましく思いながら私は答えた。理夢人といると、私まで朗らかで大らかな性格になってくる。

今度は小花模様で縁取られた白くて丸いお皿に、チョコレートケーキがのって登場した。チョコレートケーキの横には、ふんわりと泡立てた生クリームまで添えてある。

「どうぞ」

「ありがとうございます」

喫茶店のお客さんになった気分で、両手でお皿を受け取った。昨日の夕方ここに来る時、私はこんな未来などこれっぽっちも想像していなかったはずなのに。

コーヒーもチョコレートケーキも、しみじみ、おいしかった。

「チーズケーキも味見してみる？」

こくんと頷いて、理夢人のお皿の上のチーズケーキにフォークを伸ばす。

「オジバ、僕が学校から帰る時間に合わせて、いっつも何かしらの手作りおやつを用意して待っててくれたんだ。それをオジバと一緒に食べるのが日課で。僕は、その日学校であったことを何でも話して。僕の話がつい長くなっちゃうのは、その頃の名残りだね。

このチーズケーキのレシピは、オジバが残してくれたものに僕が少し手を加えたものだよ」

「自分でお菓子が作れるなんて、すごいよ」

私が褒めると、

「簡単だよ。分量さえ間違わなければ、誰でも作れる」

理夢人は逆に、そんなことを言う私に対して驚いている様子で言った。

「お菓子なんて、人生で一回も作ったことがないよ」

「そうなの？　じゃあ、今度一緒に何か作る？」

理夢人がさらりと言う。でも、それはつまり、また理夢人とこういう時間を過ごせるということだ。

「それで何だっけ？」

言われてみれば、何か大事な話の途中だった気がする。

「えーっと、えーっと」

私は時間を巻き戻して、中断していた話の内容を思い出すことに努めた。しばらくして、ふと思い出して私は言った。

「だから、オジバがまだここにいる、っていう話」

「そうそうそうそう」

理夢人もまた、私とほぼ同時に思い出したらしい。それから唐突に私にたずねた。

「人間って、何でできてるか知ってる？」

「細胞、じゃなくて？」

少し考えてから、私は答えた。

「あのね、人間だけじゃなくて、この宇宙に存在するあらゆるものは、突き詰めて突き詰めて突き詰めると、光になるんだって」

理夢人は目を輝かせて言った。それから語られる彼の言葉に、私は無我夢中で聞き入った。

「確かに、小鳥がさっき言った通り、体が細胞でできてるのは事実だけど、その細胞を構成するのは分子で、分子は更に原子でできてるんだ。

その原子は、原子核っていう陽子と中性子の周りを電子が飛んでる構造になってて、実はスカスカの状態なの。学校で、習ってるはず」

「そうなんだぁ。でも、忘れちゃった」

物理とか化学は、あまり好きになれなかった。

「陽子と中性子の中にあるのが素粒子で、今のところ素粒子が一番小さい単位。でもって素粒子はヒモみたいなものなんだって。

超ヒモ理論って聞いたことあるんじゃないかな」

「うーん」

私は曖昧に頷いた。あるような気もするけど、ない気もする。理夢人は、続けた。

「その素粒子から先のミクロの世界を考えるのが、量子力学って言われてて。

このカウンターも、小鳥も僕もオジバも、曲げわっぱも、水もフォークも、このジノリのコーヒーカップも、突き詰めたら素粒子、つまり目に見えないくらいの小さな小さなヒモでできてるって話」

「へぇ」

私の口からは、その言葉しか出ない。理夢人が話を続ける。

「結果的にどういう状態になるかは、そのヒモの振動数の違いでしかないわけ。つまり、そこまでいってしまえば、境目がないんだ。小鳥と僕は、決して別々の人間じゃなくて、同じ素材で成り立っているってこと」

「でもさ、理夢人はなんでそんなに詳しいの？　大学で研究してたとか？」

ちょっと息抜きがしたくなり、私は聞いた。多分私は今、目を丸くしたひょっとこみたいな顔になっている。

「まさか」

理夢人が言う。

「そもそも、僕は物心つく頃から、自分がどこから来たのかってことに、すごく関心があったの。それで、いっつもオジバを質問攻めにして困らせていたらしいんだ。

そのうちオジバが町の図書館からそういうのに関する本をいっぱい借りてきてくれて、ふたりで一緒に勉強するようになったんだ。シュレディンガーの猫の話とかをさ、お風呂に入りながら真剣に話し合ったりして。

つまり、このテーマは僕とオジバ共通の部活みたいな感じかな。それを、今も僕は続けてる」

「ほう」

ますますわからない単語が飛び出したのをそのままにして、私は軽く頷いた。

「あれは僕が高校生の時かな。学校から帰ってくる途中、狐が道路で死んでたんだよ。車に轢《ひ》かれたみたいで。家に帰って、オジバにそのことを話したら、そのままにしてたらまた車にはねられて可哀想だから、ちゃんと弔ってあげよう、ってことになって。

次の日の朝早く、今度は道具を持ってふたりでそこに行って、近くの野原みたいなところで、狐を野焼きにしたんだ。すっごく綺麗な顔をした狐さんでね。

その火葬をしている時にさ、煙を見てて、なんかちょっとわかったんだよ。

そっか、狐は今、素粒子というそもそもの姿に戻っていってるんだな、って。

素粒子には種類があって、たとえば、そのうちのひとつのクォークは物質の素になるし、電子は電気の素になる。フォトンは光の素。フォトンっていうのは、光の粒子で、つまり光子のこと。フォトンは粒でもあって、光でもあるんだ。

『意識とは、光である』って言った人がいるんだけど、嬉しい時は嬉しいフォトンがぱーっと雲みたいに広がるし、怒っている時はイライラのフォトンが周囲に飛び散ってるんだって。フォトンは光の速さで、瞬時にどこまででも飛んでいくらしい。

それって、すごくない？」

「つまり、すべてが筒抜けで瞬時に繋がっているってこと？」

「そう、小鳥、その通りなんだ。それは、概念とかそういうのじゃなくて、紛れもない事実として、そうやってミクロの世界まで見ていくと、本当に僕らはいつだって宇宙全部と繋がっているというか、境目がないっていうか、僕らは宇宙の一部だし、宇宙のすべてとも言えるってこと」

「ってことはさ、私なんて、いない、の、かな」

その様子を頭の中で何とか自分にわかるイラストに置き換えようとしながら、私は言った。

いつもいつも、自分と他人を区別して生きてきた。私は美船じゃないし、コジマさんも私じゃない。理夢人と私はまるっきり別の人格。でも、その素粒子のレベルでいったら、そんなこだわり自体がちゃんちゃらおかしいことになる、ってことだろうか？

「そう、そうだよ、小鳥、その通りなんだって」

興奮した様子で、理夢人が声を大にする。

「だから、ひとりがすべてであり、すべてがひとりなんだ。これは、お釈迦様の言ったこととも一致する」

「でもさ、それがどう、オジバがまだここにいる話と繋がるの？」

ふと疑問に思って私がたずねると、

「あー、忘れてた。こっちの話をするのに夢中になって、オジバのこと、すっかり頭から抜けてた。前置きが長くなっちゃって、ごめん」

理夢人が、胸の前で両手を合わせて私に謝る。それから、ちらっと時計を見て、

「あっ、今日は昼から妹のところに行って、手伝いをする約束をしてたんだっけ」

と、残念そうにつぶやいた。

「妹さん？　この近くに住んでるの？」

私がたずねると、

「妹って言っても、血の繋がりはないんだけどね。前に話した、オジバのパートナーだった小百合ちゃんの、お孫さん。

先月、階段から落ちて、骨折しちゃったんだって。だから、身の回りのお世話をしに、ちょっと様子見に行くって伝えてあったの。

小百合ちゃんはオジバのパートナーだったけど、途中から、なんかしっくりいかなくなって

さ。ふたりは、その原因は性の不一致、って言ってたけど。

とにかくオジバと別れて、その後普通に男性と結婚して、子どもを身ごもって、でもまたすぐに別れて、シングルマザーとなって娘ちゃんを育てていたんだ。

オジバとは、別れた後もずっと友好関係が続いていてね、僕のことも息子みたいに面倒見てくれたの。

子どもの頃はよく、オジバと小百合ちゃんと小百合ちゃんの娘と四人で旅行に行ったりキャンプしたりしたんだ。その小百合ちゃんの娘ちゃんが子どもを産んで、僕は今度はその子と仲良くなって。

小さい頃、僕のことをお兄ちゃん、お兄ちゃんって呼んでたから、僕も歳の離れた妹みたいなつもりでいるの」

「行ってあげないと」

正直、もっと理夢人と話していたかったのは事実だけど、その気持ちを押し殺して私は言った。

「うん、残念だけど、そうするね。でも、またこの話の続きをしよう。

僕、しばらくここを離れる予定だけど、年明けには戻ってくるから」

「海外にでも行くの？」

「いや、山にこもろうと思って」

「山？」

またまた唐突な言葉が返ってくる。

「うん、僕さ、実は山伏でもあるんだ。オジバが亡くなってから修行を始めたんだけどね。でも、結局、言ってることも最終的に目指すところも一緒なんだなって思う。山伏も、量子力学も、いろんな宗教も」

「そうなの？」

更によくわからないことを言われて、私は自分でもはっきりとわかるほど、目が点になった。

「うん、真理は全部一緒だと思う。ただ、そこへ行き着くまでの道のりっていうか、通過点が違うだけ。あと、その方法もだけど。

ほら、同じ山でもさ、どの登山口からどのルートで登るかで、途中に見える景色とか難易度が全然違うでしょ？

小鳥、途中まで一緒に行かない？　まだ話がしたい」

そそくさと出かける準備をしながら理夢人が言うので、私も同意を示すために立ち上がった。

それから慌てて帰り支度をし、理夢人が鍵をしめて店を出る。

ずいぶん昔のことのように錯覚するけれど、私は昨日の夕方、自転車でここまで来たのだ。

それなのに、理夢人とここでかなり濃密な時間を過ごしている。

私の電動自転車を見て、理夢人が言った。

「駅まで乗せてってよ」

「え、私が自転車を漕いで？」

「そう、僕、子どもの頃から自転車の後ろに乗せてもらうの、好きなんだ。駅までいいから」

「できるかなぁ？」

私は言った。

「二人乗りなんて、したことないもん」

「だったら、尚のことやってみようよ」

どうやら理夢人には、自分が前に座って自転車のペダルを漕いで私を後ろに乗せて走るという選択肢はないらしい。

「いいよ」

覚悟を決めて、私は言った。転んだら転んだで仕方がない。その時はその時だ。理夢人と一緒にいたら、私にまで理夢人の楽天的エキスみたいなものが移ったらしい。

理夢人を後ろの荷台に乗せて、私はぐいっと思いっきりペダルを踏み込んだ。

「上手上手、小鳥、案外運動神経あるじゃん」

理夢人が歓声を上げる。

私は、真剣だった。まっすぐ前方へと自転車を走らせることに、全神経を集中させる。

どうやら、うまく軌道に乗ったらしい。すいすいと、心地よい風に包まれながら、私と理夢人を乗せた電動自転車が駅を目指して走っていく。

私は、心の中でフォトンを飛ばした。もしも、さっき理夢人の言ったことが本当なら、私の気持ちは私が何も言わなくても、瞬時に光となって届くはずだ。

「大丈夫？　嫌じゃない？」

理夢人の両手がそっと伸びてきて、私のおへその辺りで繋がった。

「大丈夫、嫌じゃないよ」

泣きそうになるのをグッと堪えて、私は理夢人の言葉を肯定形で繰り返す。

だって、今泣いたら、涙で周りが見えなくなって転んでしまう。だから、今泣くわけにはいかない。それに、私は今自分のこの目に映る光を、余すことなく記憶に留めたい。だから、私は最大限まぶたを開けて、目の前の映像や匂いや音を、脳裏にしっかり焼きつけた。

私たちは、冷たい風にフォトンを飛び散らせながら、小さな田舎の町を駆け抜ける。

不思議なことに、その時自転車のペダルを漕ぎながら私の胸によみがえったのは、美船だった。自分にとってはまたとないハッピーな場面のはずなのに、私は自分の人生でもっともハードな出来事を同時進行で思い出していた。

今の私と過去の私が、時を同じくして両方の時空を生きているような奇妙な感覚だった。

あれからも、私の人生には、引き続き、苦難が立ちはだかっていた。生きるのは、仇をとるのは、そう簡単ではなかった。でも、私は決して折れなかった。

またしても、眠れない日々が始まった。あの頃、私はもう、限界だった。

「うるさいよ！」

身体中の声という声をお腹の底に集結し、私は大声で叫びながら扉を開けた。目の前に広がるのは見慣れた光景だったが、それでも改めて見ると、その様子は呆れるほどに滑稽だった。

「さようなら」

もう二度とこの女と顔を合わせることはないと自分自身に宣言しながら、私は決別の言葉を言い放った。

必要な物だけをリュックに詰めて、家を出る。もう一生、この家に戻るつもりはなかった。本当に、心の底から限界だった。

私は、被害者のはずだ。美船だって、被害者のはずだ。

私たちは、間違いなく被害者のはず。

なのに黙って我慢していれば、いつの間にか自己責任で、自分が悪かったことにされてしまう。そんな世の中は、間違っている。絶対に絶対に、間違っている。

だからさ、声を上げなきゃ。ちゃんと、自分たちの声で伝えようよ。

美船に、そう伝えたかった。

リュックを背負って、真夜中の町をあてどなく歩いた。

最初は、児童相談所に駆け込むつもりでいた。でも、児童相談所は遠いし、この時間に開いているかどうかもわからない。だから、まずは警察へ行った。警察へ駆け込んで、助けを求めた。

けれど、笑っちゃうくらい相手にしてもらえなかった。

歳を聞かれたので正直に十五歳だと答えると、こんな夜中に十代の子がひとりで歩いてたら危ないから、早く家に帰りなさい、と逆に怒られそうになる。怒ってほしいのは、私にではなく、あの女に対してなのに。

家に居場所がないから、帰る家が危険だから、こうして警察に助けを求めているのだ。そういくら熱心に伝えても、相手には私の窮状が全く伝わらない。暖簾《のれん》に腕押しってこういうことを言うんだと、私は妙に冷めた頭で納得した。これでは、全く埒《らち》があかないではないか。とにかく、朝が来るまででいいからここで寝させてほしい。朝になったら、児童相談所に行くからと、私はそれでもねばって訴えた。

きっと、私の体が傷だらけだったり着衣が乱れていたりしたら、警察もしぶしぶではあっても腰を上げてくれたのだろう。けれど、私はわかりやすい形で傷ついてはいなかった。髪型や服装も整っていたし、靴も履いていた。靴下も、汚れていなかった。唇には、リップクリームも塗られていた。

でも、心はズタズタで血まみれで、瀕死の状態だった。もういい加減、トイレに鍵をかけて眠るのは嫌だった。私は、人生に絶望しきっていた。私はもっと、光の当たる場所を、堂々と何の不安もなく歩きたかった。こんな人生を、火事場の馬鹿力でひっくり返してやりたかったのだ。

けれど、どんなに言葉を尽くしても、相手には通じない。この心を可視化できれば、一目瞭然なはずなのに。

私は漠然と、あぁこれが社会というものなのだと思った。私はこれから、こういう腑に落ちない社会を相手にして生きていかなくてはいけないのだと。

結果的に、私は警察で横になることすら許してもらえなかった。警察は簡易宿泊所ではない、というのが相手の言い分で、具合が悪いのであれば、警察ではなく病院に行って相談すればいいとアドバイスを受けた。

最後はやんわりと、けれど確実に追い払われた。要するに、私は厄介者としてたらい回しにされたのだ。どうやら私は、社会にとってのお荷物らしい。

こういうこと？

美船が感じていた世の中の理不尽って、これのこと？

私は現実から目を背けて逃げていたけど、美船は違った。戦っていた。なかったことにしないために、現実を受け止め、あらがっていた。戦って、傷ついて、最後は敗れた？

いや、違う。美船は、負けたんじゃない。私はそう、信じている。

数時間前に家を出た時、私はそれこそ自分が英雄にでもなった気分だった。母親に決別を宣言したことで、私の中には闘志が燃え盛っていた。自分がこんな世の中を変えてやるんだ、もっと生きやすい社会にしてやるんだ、と本気で思っていた。でも、そんな決意も、数時間後には木っ端微塵《こっぱみじん》に砕かれた。情けない。私はいつだって、敗者だ。

ごめん。

美船に謝った。美船の仇を取るなんて、口ばっかりで、私は全然行動が伴っていない。せっかく警察まで行ったのに、綿ゴミみたいに門前払いされ、あっけなく外に追い出されている。

でも、私は絶対に諦めない。

警察を出て、大通りを歩き、通りすがりの二十四時間営業のドラッグストアに身を寄せた。商品を見ているふりをしながら、朝を待った。児童相談所が何時から開くのかはわからないけど、少し早めに建物の前まで出向いて、誰かが来るのを待ってもいい。ドラッグストアの店内には、まぶしいくらいに煌々と明かりが灯っている。

やっぱり、警察に行った自分の方が見当違いだったのかもしれない。そう思うようになったのは、陳列棚に並ぶ生理用品を見ている時だ。

だって警察は、何らかの事件が起きてからでないと動いてくれない組織なのだから。

でも、だとすると私の身には、まだ何も起きていないということになってしまう。そんなはずはない。

けれど私には、自分自身の身の上に起きているおぞましいほどの現実を、うまく相手に言葉で伝えるだけの術がない。悔しい。そうだ、私には術がないのだ。

それって、もしかして私が勉強する努力を怠《おこた》ったからだろうか。授業中に居眠りばかりして、きちんと授業の内容を聞いていなかったからだろうか。授業中に居眠りばかりしていたのは、あの女のせいなのに。

つまり、生まれてきた私自身に責任がある？　これって全部、私のせい？　自業自得ってこと？

結局、いつだってその結論に行き着いてしまう。生まれたくて、生まれてきたわけではないのに。気がついたら私はこの世に生まれていて、物心つく頃にはあの女の性行為が終わるのを、扉の陰に身を潜め、息を殺して待っていた。私に、選択肢なんてなかった。いつだって、そうなるように現実が決定付けられていた。

でも、私はこの世界を壊したい。自分の力でぶっ壊し、内側から、この強固な壁を叩き割りたい。

ねぇ、小鳥はソッタクって言葉、知ってる？

ソッタク？

そう、忖度《そんたく》じゃなくて、啐啄《そったく》。

聞いたことないよ。

私が言うと、

卵の中にいる雛《ひな》が生まれようとする時に、殻を内側から破ろうとするでしょ。その、雛が卵を内側からつっつっつくことが、啐。で、それに合わせて、同じ場所を親鳥が外側から卵を破ろうとするのが、啄。

このタイミングが合わさることで、卵がちゃんと割れて、中から雛が誕生するの。どっちかだけじゃ、うまく割れないんだよ。

そして、美船はこう続けたのだった。

私ね、小鳥の名前を呼ぶたびに、なんか知らないけどその言葉が思い浮かぶんだ。

へぇ。

私は感心して頷いた。たった一年先に生まれているだけなのに、美船は私の知らない言葉をたくさん知っている。

なんでだろう。もうずいぶん前に美船と交わして、ずっと忘れていた会話なのに、ふと、脳裏に蘇《よみがえ》った。まるで美船と、今その会話を交わしたみたいな気持ちになる。美船の声が、まだすぐ近くをふわふわと綿毛のように漂っている。

そういうことか。

つまり、今が私にとっての「啐啄」なのだ。

でも、外側から殻を叩いてくれているのは、もちろんあの女であるはずはなく、美船だ。美船が私を囲うこの世界を外側から叩いてくれている。ハンマーで、強固な壁を壊そうとしている。

私は同じところを、内側から突破しようとしている。ふたりで呼吸を合わせて、せーのでこの世界を破壊するために。

ってことだよね？

もちろん、美船からの明確な返事はない。でも、その時ふわりとそよ風が吹いて、私の前髪が揺れ動いた。おそらくそれが、美船からの返事だ。私はそう、確信する。

美船、お願いだから、そばにいて。私に力を貸して。

美船が持っていた十分の一の知恵で十分だから、私を賢く、強くして。知恵を分けて。

時々、意識が朦朧《もうろう》として、自分の心の叫びで我に返った。自分が今ドラッグストアにいることを思い出し、熱心な消費者を装って陳列棚の商品に視線を送る。生理用品は、まるで子ども相手の綿菓子みたいに、かわいらしいパッケージに包まれている。

他のお客さんが途切れる隙間を狙ってはトイレに行き、細切れの睡眠を貪《むさぼ》った。こういう時は、広いトイレよりも狭いトイレの方がありがたい。狭ければ、壁に体を預けて眠ることができる。便座に座って、一瞬でも深く眠れれば、とたんに体は楽になる。

途中、あまりにもおなかが空いたので、ポケットに入れてあった飴玉を口に含んだ。本当は、トイレで食べ物を口になどすべきじゃない。だって、トイレは排泄する所であって、食べる場所ではない。食べる場所からもっとも対極にあるのが、トイレのはずだ。

でも私は、トイレで食事をとるのが当たり前になっていた。異常な行為のはずなのに、そのことを少しも異常と感じない自分がいた。だって私には、トイレしか居場所がなかったのだから。

飴玉は、警察の人が別れ際にくれたものだった。まるで、幼い子にお使いが上手にできたお駄賃を渡すような気軽さで。袋ごと便器に流してしまおうかとも思ったけれど、一瞬迷った挙句、口に入れた。捨てなくて正解だった。私の空腹は、その飴玉のおかげでかろうじて誤魔化されている。

なかったことにはしたくないよ。

美船は言ったっけ。

美船という人間の肉体がこの世に存在した最後の日、私の隣でペットボトルのお茶を飲む美しい少女は、まっすぐな目をしてそう言った。私には、美船には生きる希望があふれているように感じられたけれど。

美船は、あの時すでに、次の日に起こる決定的な出来事を予測していたのだろうか。すでに決定事項だったから、あんな力強い目で現実を見すえていたのだろうか。

私も、もうなかったことにはしない。

そう、改めて美船に宣言する。

ふたりで力を合わせてがんばろうだなんて、チープすぎて口にするのも小っ恥ずかしいけど、私は本気でそう思っていた。

よく考えれば、警察で門前払いされちゃったけど、すごい進歩だ。だって私、あの家から追い出されることにずっと怯えていたんだから。そんな私が、自分から家を出た。あの女を、捨ててきた。

空が明るくなるのを待ち、私は再び外に出た。

地図を頼りに、一番近い児童相談所へ向けてとぼとぼと歩く。本当は、意気揚々と歩きたかったけど。疲れていたこともあり、実際は地面を這うように歩くことしかできなかった。

今頃あの女は、どうしているのだろう。快楽を求め、溺れているのだろうか。それとも、口を開けて鼾をかき、深い眠りを貪《むさぼ》っているのだろうか。私にはもう、どうだっていいことだけど。

「辛かったね」

児童相談所の職員さんがかけてくれた何気ない一言で、私は号泣した。これまでずっとせき止めていた感情のダムの門が外され、予想もしていなかった大量の感情がどーっと一気に流れ込んだ。

やがて感情は濁流となり、私自身が制御不能となった。溜まりに溜まっていた自分の感情に飲まれ、溺死する寸前だった。

私は机に突っ伏して、赤ちゃんみたいにわんわん泣いた。泣いても泣いても、泣き足りなかった。私は最後、声をからし、よだれを垂れ流し、吐くように泣いた。実際、私は泣くことで感情を嘔吐していたのだと思う。

泣きながら、そうか、自分は辛かったのだと、ようやく気づいた。

母親に愛されていないこと、心の底からは大事にされていないことに幼い頃から薄々気づき、でもそのことから目を背けて騙し騙し生きてきた。一番愛されたい人に、抱きしめてもらえなかった。私は、そのことを自分で認めたくなかった。

「ここまで、よくがんばって生きてきたよ」

そう言ったのが、横にいて私の背中を撫でてくれている職員さんなのか、それとも美船なのか、それとも私自身なのか、わからない。でも、私ははっきりとその声を耳にした。もしかすると、三人みんなの声が同じタイミングで奇跡的に重なったのかもしれない。

もうそろそろ泣き止んでもいいかな、と思いながら、本当は、誰かに話を聞いてもらって、ただ気持ちをわかってほしかっただけなのかもしれない、と思った。

私の感情が落ち着くのを待って、職員さんが朝食のおにぎりを差し入れてくれた。フィルムに包まれた、どこにでもありそうな鮭のおにぎりだった。

でも、そんなものすら、私にはご馳走だった。

だって、それまでの私は、家では常に誰かの気配に怯え、そそくさと味わいもせずただ胃袋を満たすためだけに食べていたのだ。トイレ以外の場所で安心して食べられる、それだけで私はうんと幸せだった。

私の措置が決定するまで、私は児童相談所内にある一時保護所に身を置くことになった。でも、一時保護所にいる間は学校に通うことができない。そのことは、誤算だった。

親の意に反して施設に入所するには、家庭裁判所からの承認を得なくてはいけないのだ。けれど、承認してもらうためには、時間がかかる。親が、子どもの施設入所に同意しない場合、児童福祉法28条に基づいて、親は高等裁判所へ申し立てすることができる。

私の望みは、母親との縁を断ち切ることだった。けれど、親権停止や親権喪失となると、今度は私の学費を出してもらえなくなってしまう。私は、せっかく受験して合格した高校に、通えなくなる。それだけは、避けたかった。

一時保護所には、いろんな子がいた。皆それぞれ、悲しみだったり、嘆きだったり、怒りだったり、諦めだったりと、いろんな表情を浮かべていた。ひとりの子でも、表情はめまぐるしく変化した。無邪気に戯《たわむ》れていたかと思うと、いきなり豹《ひょう》のような目で私を睨《にら》みつけてきたり。

じっとしたまま石のように固まって、一日中動かない子もいた。その子は、かつての私そのままだった。

　私は、私が知っていると思っていた闇よりも、更にもっと深くて濃い闇が存在するという現実を知ってしまった。身体中に痣《あざ》のある笑わない赤ちゃんや、顔に深い傷を負った男の子。ここに来るまでずっと草を食べながら段ボールで暮らしていたことを自慢げに話す姉妹。

　そんな子たちに囲まれていると、私は自分がこれまで平穏無事に生きてきたかのように錯覚しそうになった。でも、そうじゃない。私も、そして他の人の目には見えないかもしれないけれど美船も、傷ついて傷ついて、十分すぎるほど傷つけられて、ようやくここまで虫の息で辿《たど》り着いたのだ。

「結局、ここにいる大人だって、仕事なんだよ。金が欲しいから、面倒見てるだけ。そうだろ？嫌になれば、簡単に辞めれるんだし」

　ある日、ひとりの少女が突然私に話しかけてきた。一時保護所に入って、一週間ほど経った頃だった。

　私は、その場所で暇を持て余していた。最初はカードゲームなどの輪に加わって遊んでいたものの、それもすぐに飽きて退屈になった。だから、少し離れた場所で、本棚に置いてあった本を適当にとって読んでいた。

　小説というものを最初から最後まで読むのは、生まれて初めての経験だった。あと数ページで、その記念すべき最初の一冊を読み終えるところだった。

私は、本のページから顔を上げ、彼女を見た。彼女は、ものすごく痩せている。骨の形に合わせ、鋭利なナイフで肉という肉を丁寧にそぎ落としたみたいだ。彼女はその痛々しい容姿を、わざと見せつけるようにショートパンツを穿き、タンクトップを着て体の線を他人の目にさらしている。

「初めて？」

彼女が聞いた。

「何が？」

「だから、こういう場所に保護されるの」

私が首を縦に動かすと、

「ラッキーじゃん」

彼女が言った。

「ラッキー？」

私はこの一週間で、相当な息苦しさを覚えていた。何よりも、自分の服ではない服を着て過ごさなくてはいけないのが耐えられなかった。私にとって、他人の体臭というのは、どうしても受け入れ難いもののひとつだ。

それに、人数の割にスペースが狭くて、プライバシーが守られないことにもイライラする。規則だからと、早い時間に無理やり寝かされるのも窮屈だった。そんな時間に眠れるはずもなく、私は一日でも早くここを出たいと切実に思っていた。

「だってここ、私語禁止じゃないしさ。前に入れられたとこなんて、私語どころか、目も合わせちゃいけなかったんだぜ。笑っても怒られるってさ、おかしくね？　女はあぐらも禁止だって。アホだろ？　トイレすら、行きたい時に行かせてもらえなかった。馬鹿げたルールだらけで、我慢の限界だった。だから、脱走した」

「そうなの？」

私は、呆気にとられてつぶやいた。私語禁止、目も合わせてはいけないなんて、それじゃあ更に何かの罰を受けているみたいだ。

「何日目？」

彼女に質問されたので、一週間と私が答えると、

「俺なんて四十九日だよ」

目の前の彼女がまじめに答える。一瞬、俺と聞こえた気がするけれど、気のせいかもしれない。私はその言葉を聞き流した。

彼女は、私の七倍も長く、ここに留まっていることになる。もしかすると、彼女はまた、脱走を企てているのかもしれない。隙あらば、ここから出ようという目をしている。

「もう二度と、一時保護所になんか入りたくねぇ」

最後は絞り出すようにその言葉を残し、私の前から突風のようにいなくなった。

やっぱり彼女は、再度、脱走を試みていると、私は確信した。事実、私が人生で二冊目の小説を読み終える頃には、姿を見かけなくなっていた。

ほどなく、私の措置が決定した。私は、正式に児童相談所に入ることになった。母親は、私が実家ではなく施設に身を置きたいという強い意志を理解してくれたらしい。

児童養護施設は、全国に約六百の施設があり、家族と一緒に暮らせない子どもたちが生活している。私も、そのうちのひとりになる。

こんなふうに、社会全体で子どもを育てることを、社会的養護と呼ぶらしい。社会的養護は、更に家庭養護と施設養護に分かれていて、児童養護施設は施設養護に分類される。施設養護には他に、乳児院や自立援助ホームなどがある。

家庭養護というのは、生まれた家ではなく、新しい家と家族が子どもの養育に携わることで、特別養子縁組、里親、ファミリーホームという三つの形があると知った。

児童養護施設だと、どうしても大人数での集団生活にならざるを得ない。そうすると施設の子どもたちは、本来の「家庭」の姿を知らずに成長する。そのことによる弊害が大きいので、ファミリーホームという少人数の施設で、擬似家族の形をとりながら共同生活をするのだ。

そういうことを丁寧に説明され、私自身の希望を聞かれたが、私はうまく答えられなかった。正直に言えば、どれも嫌だった。本音を言えば、一人暮らしをしたいと思っていた。でも、アパートを借りてひとりで暮らすには、どうしてもお金が必要だった。

第三者を通しての話し合いの結果、私と母との関係は、絶縁にはいたらなかった。母親は引き続き、高校の授業料だけは面倒を見てくれることになった。そのことには、素直に感謝した。

けれど、もう二度と顔を見たくない、という私の気持ちは、微塵もぶれることはなかった。

　高校に通えるということで、私の道は明るく開けた。まじめに勉強をして、せめて、高校だけはきちんと卒業したかった。私は、施設に入ることで自分の人生を立て直したかったのだ。あの家にいてずれてしまった部分の、軌道修正をはかりたかった。

　今の高校に通うのにいちばん都合がよかったという単純な理由で、私は児童養護施設への入所を希望した。家に戻されることをもっとも恐れていたので、それが回避できただけでも私には朗報だった。

　もし私が家庭養護の方を望んだら、それは逆に叶わない希望だったかもしれない。受け皿となる里親さんはどこも手一杯だというし、ファミリーホームもまだまだ数が足りていない。特別養子縁組ができるのは、その頃は原則六歳までで、私は大人になりすぎていた。つまり、家庭養護によって身の安全を確保する方が、よっぽど狭き門ということだ。

　集団生活には抵抗があったものの、それよりも私は、母親から離れられることと、高校に通い続けられることを優先した。あと数年だけ施設での暮らしを我慢すれば、外の世界に出られる。それまでになんとか、社会で生きて行くための術や知恵を身につければいいと思っていた。

　それがいかに甘っちょろい考えだったかは、すぐに明らかになったけど。

　その時の私は、本当に青臭くて情けないが、まじめにそう思っていたのだ。私は、どうしようもない世間知らずだった。

児童養護施設に入ったことで、私はようやく落ち着いて高校へ通うことができるようになった。高校へは、入学式に出席して、数日しかまだ行っていなかった。クラスにいるのは、名前を知らない生徒ばっかりだ。当たり前だけれど、そこに美船の姿はない。

なんであの時、美船に、愛してるよ、って伝えなかったのだろう。今から思えば、カナダと日本の時差なんて、どうだっていいことなのに。

あの時の私は、つい照れ臭くなって、話をはぐらかしてしまったのだ。

もし私が、まじめな顔で、愛してるよ、って伝えていたら、美船はなんて答えたかな？

美船も私に、愛しているよ、って同じ言葉を返してくれたのかな？

お互いに相手を愛してることがわかったら、その後私たちは、どうしたんだろう。

抱き合ったり、した？

それは、普段するハグとは、意味が違うの？

美船、愛って何？

私はこの先、美船以上に愛せる人になんて、出会わないと思っていたんだよ。

施設で働く職員は、ワーカーと呼ばれていた。正式には、児童福祉司という。ワーカーさんの中には、自分たちとそれほど歳が違わないような若い人もいた。そこに、養護する側とされる側という明確な違いはそれほど感じなかった。

中にひとり、とても親切なワーカーさんがいた。みんなから、ハルト君と呼ばれていた。ハルト君は、大学を卒業したばっかりだった。ものすごく童顔で、髪の毛がさらさらで、背も低くて体全体の線も細いから、私が通う高校の同級生に交じっていても、全然不思議じゃない感じの人だった。

少しも偉ぶらないハルト君は、子どもたちの人気者だった。ハルト君がやってくると、急にその場の空気が華やかになる。噂では、ハルト君もまた、人生の一時期を児童養護施設で過ごしたらしい。

常に子どもたちに囲まれて引っ張りだこのハルト君だったが、たまに手があくと、私とバドミントンをして遊んでくれた。もう何度も補修され、グリップ部分がテープでぐるぐる巻きにされた汗臭いラケットと、傷つくだけ傷ついた痛々しい姿の羽根が、私たちの遊び道具だった。バドミントンは、これまでの人生で数えるほどしかしたことがなかったし、その時を振り返っても楽しかった記憶は特にない。けれど、ハルト君とするバドミントンは、なぜかものすごく楽しかった。

ラケットのちょうどいい場所に羽根が当たって、くるりと向きを変え、スカッとした感触と共に、みるみる白い羽根が空の奥へ吸い込まれていく。その様子を見ているだけで、気分爽快だった。ほんの一瞬でも、自分が今、児童養護施設にいるという現実を忘れられそうになった。私は夢中で羽根を追いかけた。

ハルトと青春してるじゃん、と他の子に冷やかされた。中には、私とハルト君が付き合っているというような、事実無根の噂を言いふらしている女子もいた。

でも私は、気にしていなかった。それよりも、私はただ単純にハルト君とバドミントンをするのが楽しかったのだ。ハルト君とバドミントンをして、心の底から笑えている自分の姿が、微笑ましかった。

高校では、部活に入っていなかった。入ろうと思えば入れたけれど、私はお金のことが心配で、自ら帰宅部を選んでいた。時間と気持ちに余裕ができたら、部活よりもアルバイトを優先しようと思っていた。

だから尚更、ハルト君とバドミントンをして体を動かすのは、いい気晴らしになったのだ。案外私には、バドミントンの才能があったのかもしれない。スマッシュを打たれて悔しがるのは、たいていハルト君の方だった。バドミントンをおしまいにする頃には、私もハルト君も汗だくで、お互いくたくたになっていた。

正直に言うと、ハルト君に全く関心がなかったかと言えば、嘘になる。本当に、ごくごく微量の恋心は、私の中に芽生えていたのかもしれない。でも、だからと言って、ハルト君に告白するとか、付き合いたいとか、そんなことは全く考えてもいなかった。ただ、一緒にいて心地いいのは事実で、ウマが合うというか、波長が合うというか、そういうのは感じていた。

でも、そもそもハルト君はワーカーだった。いつだかあの子が吐き捨てた通り、ここにいる職員さんは、みんなここが職場なのだ。仕事として私たちのケアをし、その報酬を得て、自らの暮らしの糧にしている。仕事を終えてここを出れば、ただいま、と帰る別のちゃんとした家がある。

ここに住むしかない私たちと、他に帰る家のあるあの人たちとは、所詮住む世界が違うのだ。

そのことを、私はきちんとわきまえているつもりだった。

初めてそれに気づいたのは、いつになるのだろう。児童養護施設で、私は少しずつだが健やかな睡眠を取り戻しつつあった。

ふと、空気が動く気配に気づいた。最初は、隣で寝ている子がトイレにでも起きたのかと思っていた。けれど、耳をすますと、かすかにカーテンの向こうから彼女の寝息が聞こえてくる。

私は、怖くて目が開けられなかった。

ふたり部屋のはずなのに、なんとなく、もうひとつ、別の体温というか息づかいを感じる。最初に脳裏に浮かんだのは、お化けだった。子どもじみていて笑われそうだけど、私は最初、それかと思ったのだ。下手に動いたりしたらお化けを刺激してしまうと思い、私は微動だにせず寝たふりを貫いた。

すると、空気の動く気配がより激しくなった。顔に触れるか触れないかの微妙な位置で、生暖かいような気配が激しく上下に動いている。

お化けなんかじゃない、と気づくのに、それほど時間はかからなかった。

怖くて怖くて、私はまた頭が真っ白になった。頭だけじゃなくて、体全部が真っ白になって、何も考えられなくなった。

皮膚の内側にびっしりと石膏を流し込まれたような気分になり、息が苦しくなる。でも、かろうじて呼吸ができたので、私は死ななかった。

石膏はすぐに固まって、私を中から動けなくする。私はまた、石になってしまった。がんじがらめのまま時間だけが過ぎて、気がつくと外が明るくなっていた。

でも、まさか。

ありえない。絶対に、絶対に、ありえない。

だから私は、相手を疑うのではなく、自分自身を否定した。

きっと、悪い夢を見てうなされていたんだ、と。

あれは、現実ではなく、夢だったんだ、と。

そう思うと、時間が経てば経つほどその方が正しいと自分でも思えてくる。

それに、ハルト君はいつも通りだった。私に対する態度には、少しの変化も見られなかった。

だから私も、あの晩に感じたハルト君そっくりの体臭は気のせいだったのだと、そう思うよう自分を仕向けた。

ハルト君とバドミントンをしながら。

私はまた、なかったことにしようとし始めていた。

二回、三回と、やっぱりそれは、ハルト君が宿直当番の日に起きた。

四回目に気配を感じた時、私はうっすらと目を開けた。もう、ハルト君が私の顔の近くで何をしているのか、だいたい、想像がついていた。

目を開けると、ハルト君と目が合った。ハルト君は笑っていた。笑いながら、自分の性器をこすっていた。

やがて顔に、生ぬるい感触が広がるのがわかった。恐怖と、怒りと、絶望と、自己嫌悪。世の中に存在するありとあらゆる負の感情が、すべて私の顔に集結した。私はそのまま、気絶したらしい。すべての思考回路が破綻して、翌朝、私の心は完全に壊れていた。

私は、黙って児童養護施設を去った。私が安全に眠れる場所なんて、この星には存在しないのだ。それだけが、確実に言えることだった。でも、やっぱり私には、そこしか帰る場所がなかった。以来、結果の見えている逃避行を幾度となく繰り返した。

自分の人生なんて、所詮《しょせん》こんなもの。

もしかすると私は、そのことを教訓として学ぶために、児童養護施設に入ったのかもしれない。

お金のない十代の家出少女が、生き抜くためにやれることといったら、選択肢は限られる。生きていくためには、どうしてもお金が必要だった。手っ取り早くお金を得るために、自らの身体を商売道具にする同世代の少女を、私はたくさん目撃した。

そういう誘いは、引く手あまただった。大人がたくさんいる歓楽街を歩いていれば、いくらでも声をかけられる。こっちさえ売る気になれば、いくらでも自分を売りさばけた。

でも私は、それだけは絶対に絶対にしないと決めていた。いや、私には、それができないということが、薄々自分でわかっていた。

もうこれ以上、誰かの性欲の犠牲になるのだけは、ノーだった。それだけは、私自身の魂が断固として許さなかった。

矜持《きょうじ》？　最後の砦《とりで》？

難しい言葉はよくわからないけど、とにかくそういう感覚に近いものだったかもしれない。

理夢人が山から戻ったら、私はこのことを全部彼に話そうと思った。今まで、一度も誰にも話したことがないけれど、今、私の体にそっと手を触れてくれているこの人なら、私の話に黙って耳を傾けてくれるかもしれない。一緒に、解決策を探ってくれるかもしれない。

このままずっと、理夢人を自転車の後ろに乗せたまま、地球を何周でもぐるぐるぐるぐる回っていられたらいいのに。そうやって私も理夢人も年老いて、いつの間にか人生が終わってしまったらラッキーなのに。

でも、ゴールはもうすぐそこだった。駅に着いたら、理夢人とサヨナラしなくちゃいけない。永遠のサヨナラではないけど、でも私にとっては永遠のサヨナラに近いくらい、身につまされる場面だ。そのことを想像するだけで、胸がギュッと苦しくなる。

いつの間にか、理夢人が特別な人になっていた。

第五章　初恋

「私事で恐縮ですが、年内いっぱいお休みします。
リムジン弁当を楽しみにしてくださっている皆様には、ご迷惑をおかけしてしまい、本当に申し訳ございません！」

理夢人が山にこもっている間、リムジン弁当のシャッターにはそんな張り紙がしてあった。

もしかして、理夢人が予定より早く戻っているのではないかと、私は何度か仕事帰りに遠回りをしてわざわざ店を訪ねたのだ。でも、結果はいつも同じだった。

年明けに戻ると聞いてはいたものの、それがいつになるという具体的な日にちは知らされていない。電話番号やメールアドレスを交換したわけでもないから、その間、理夢人からの連絡は一切途絶えた。

もしかすると、このまま一生理夢人に会えないのではないか。

そのことを想像すると、胸の奥の方を抓《つね》られたみたいに鈍痛が走る。こんな気持ちを味わうのは、初めてだ。またしても、「初」の字が私の人生に積み重なる。

だから、年が明けて最初の金曜日の夕方、リムジン弁当の店の中に小さな明かりが灯っているのを見つけた時は、思わず自転車をこぎながらペダルの上で小躍りした。

あぁ、よかった。また理夢人と会って、話ができる。それだけで私は、一億円の宝くじを当てたみたいに鼻息が荒くなった。心の中で、勝利のガッツポーズを作る。

「おかえりなさーい」

店のドアを押し開けながら、精一杯の明るい声で私は言った。そこに、理夢人以外の人がいることなど、私の中ではあり得ない。梅干しのおにぎりみたいに、リムジン弁当には理夢人がいる。

「ただいまぁ」

割烹着姿の理夢人が、カウンター越しに返事をする。一瞬にして、理夢人といる時間の温度というか匂いというか、空気感や手触りみたいなものを思い出した。

それから、お互いにうやうやしく新年の挨拶を交わした。

手を洗ってうがいを済ませてから、この前と同じカウンターの椅子に腰かける。これからの季節、インフルエンザには重々気をつけなくてはいけない。老人ホームの入居者さんにうつしてしまったら、それこそ大変な事態になってしまう。

一体全体、何から話せばいいのかわからず途方にくれていると、

「山伏の先輩が、お土産にどぶろくをくれたんだけど、飲む？」

理夢人が、これまでと全く変わらない口調で聞いた。

「飲む」

私も、短く答えた。

本当は、どぶろくなんて聞いたことはあっても飲んだことがないし、どんな味がするのか想像もつかないけれど。理夢人が勧めてくれるのだから、きっと間違いはないはずだ。

「なんか、小鳥に話したいことがいっぱいあってさ」

タワシで熱心にシンクを磨きながら理夢人が言うので、

「私もね、今日はどうしても理夢人に聞いてほしいことがあるの」

勇気をふりしぼって宣言した。

理夢人に再会したら、あのことを話すと心に決めたのだ。先手を打って選手宣誓しておかないと、途中で怖気《おじけ》づき、言えなくなってしまうかもしれない。

決して、楽しい話題ではない。でも、この人にだけは、ちゃんと、私の身に起きた全ての出来事を話しておかなくちゃいけない気がする。そうしないと、私は先に進めない。

だけど、その前に、まずは理夢人が山でどんなことをしてきたのか知りたかった。

「じゃあ、今夜は新年会だね。昨日里に下りてきたばっかりだから、まだ食材がほとんどないけど。まぁ、ここにあるものでなんとか適当にツマミを作るよ」

そう言いながら、理夢人が後ろの吊り戸棚から湯呑み茶碗をふたつ取り出す。そこに、緑色をした一升瓶に入った、白くてとろりとした液体をなみなみ注いだ。

今夜は、酔っ払わないようにしようと誓いながら、湯呑み茶碗をそっと持ち上げて、理夢人と乾杯する。理夢人は、一口飲んだ次の瞬間にはもう調理に取りかかっていた。

「はい、まずは干し柿きなこなますをどうぞ。小鳥、先に始めててね。僕も適当に作りながら食べるから」

理夢人が、小皿に続いて、箸と箸置きもくれる。干し柿もきなこもわかるけれど、それが合わさったなますというのは味の想像が全くつかない。

「いただきます」

理夢人の真似をして、両方の手のひらを胸の前で軽く合わせた。

「お正月だからね。やっぱなますっしょ」

言いながらも、理夢人は冷凍庫の扉を開けたり引き出しをのぞいたりと、忙しなく働いている。

「何か手伝う？」

私に手伝えることなんてたかが知れているとは思いながら、一応聞いた。

「大丈夫。小鳥はそこに座って、僕の料理を食べてくれるだけでいいの」

そう言いながら、理夢人はコンロの上に水を張った片手鍋を置き、そこに着火ライターで火をつける。

「なんかさ、料理って変な話、自分の体の一部を相手に食べさせるようなもんだから。自分のどこかが、その人の一部になるみたいな感覚。食べた人が喜んでくれたら、もう全ての苦労が報われるんだよ」

理夢人がいいことを話していると思いながらも、私は興奮してつい話の流れを遮《さえぎ》った。

「何これ？　すっごくおいしいよ！」

ねっとりした干し柿に、とろりときなこ味の餡が絡みついている。お菓子みたいだけど、お菓子じゃない。

「じゃあ、次はうるいのツナ和えね」

「うるい？」

「食べたことない？　僕はこれ、すごい好きなんだけど。野菜っていうか、山菜だよね。師匠の奥さんが、お福分けだからって、帰り際に新聞紙に包んだのを束で持たせてくれたの。でも、早く料理しないと、すぐに葉っぱがしなっとしちゃう。

だから小鳥、もりもり食べて。最後のツナ缶が残ってて助かったぁ」

つくづく、理夢人は私の知らないことをたくさんたくさん知っている。

「それで、山で何をしてきたの？」

私はどうしても、山伏が気になる。

「一言でそれを言うのは難しいんだけど、山に入って、大自然の霊力を体に入れてきた、って感じかな？」

「霊力を？　体に？」

「うん、普通に生活してると、つい頭でっかちになって、情報を全て頭で処理しようとしてしまうから。でも、山に入ると、どんどん自分がなくなっていくっていうか、体だけになっていくんだよね。頭で考えようとせずに、体で感じることだけで生きる、みたいな。

そうやって自然の中に身を置いていると、ほんの一瞬だけど、自分が無になって、周囲に溶けるんだ。その溶けてる状態が、最高に気持ちよくて、やめられない」

「なんか、修行って体にムチ打って厳しいことをするのかと思ってた。気持ちいいなんて、ちょっと意外かも」

私が言うと、

「もちろん、体を酷使するって面では、辛いときもあるよ。

人によっては、山登りをしたり瞑想するだけで、同じところまで行けるのかもしれないけど、僕の場合は元来怠け癖があって、つい情報に頼ってしまうっていう弱点がある。

山伏っていうやり方はかなり極端な自然との接し方ではあるんだけど、修行という形で体に負荷をかけた方が、余計な行為をしない分、より感覚が増して、本質が体に入ってきやすくなるんだ。

自然との一体感っていうのかな。自然とひとつになる感覚。それは、本当になんとも言葉では表現できないほどの気持ちよさなんだよ」

目をキラキラさせて、理夢人が教えてくれる。

「自然かぁ」

私は、自分の脳裏に、自然というものを想像した。でも、旅行のパンフレットみたいなありきたりの山や海しかイメージできない。私が、あまり納得できない顔をしていたのだろうか。理夢人が続ける。

「もちろん、僕らの今いるこの場所にも、自然はあると思う。街路樹だってそうだし、誰かが庭先で育てている草花も、弁当の食材として買ってくる野菜だって、自然と言えば自然かもしれない。

でも、もっと強力な大自然を前にすると、この地球の本当の姿が見えてくるっていうか。オジバはよく、本質が大事だって言ってたんだけど、大自然の姿はまさに地球の本質で、そういう姿は残念だけどここからは見えなくて、僕がそこまで体を運ばなくちゃ出会えないんだ。小鳥は、ユリの花って、どう思う？」

いきなり質問を向けられ答えに窮していると、

「僕は、正直苦手だったの。なんか、自分が自分がっていう自己主張が強い感じがして、香りも強すぎて」

理夢人が言った。

「あ、わかるかも。ユリって、ちょっと高慢っていうか、威張っているっていうか、自分が一番きれいでしょ、みたいな感じが確かにあるよね。他の花を下に見てる、っていうか」

「でしょ？　でもさ、ある日、僕は人里離れた静かな森の中で、一輪のユリの花と出会ったんだ。そのユリは、人知れず、木陰でひっそりと咲いていたんだけど。その姿が、ものすごく生命力に溢れていて、魅力的で、まるで妖精みたいだった。僕はその姿を見て、号泣しちゃったの。あんまりにも気高くて美しいから。

それで気づいたんだ。花屋さんで売られているユリの花は、本来の姿ではないんだって。本来ユリの花は、こんなふうに、大自然の中で人知れず咲くものなんだ、って。

当たり前っちゃ当たり前なんだけど、そのことは、自分自身が山に入らなかったら、わからなかった事実なんだ。

こっちさえその扉を開いたら、そういう大自然の神秘みたいなものを、山はいくらでも出し惜しみせずに教えてくれる。

ユリの花を、単なる情報として頭で知るんじゃなくて、この体のセンサーを通して皮膚感覚でお腹で受け入れると、今まで見えていなかった世界がありありと見えてくるんだよ」

「私も、大自然の中で咲くユリの花を見てみたい」

どぶろくの入った湯呑み茶碗に口をつけつつ、私は言った。

「うん、いつかふたりで山に入って、森を歩こうよ。ふたりで見たら、きっともっと、その姿を美しく感じるかもしれない。

僕が小鳥に話すことも、小鳥には新鮮に聞こえるかもしれないけど、実際は、本とかネットとかにそれこそごまんと情報があるんだ。でも、その情報をちゃんと体で感じて受け取らないと、自分のものにはならないんだよね。

それに、山に入ると、生きてることに対する漠然とした不安とか、誰かや何かに対する怒りとか、そういう幽霊みたいな感情が、スーッと消えてなくなって、愛に満たされるっていうの?

自然界には、愛がいっぱいあるどころか、自然は愛そのものなんだ、って感じるんだ。そこにいたら、もう何にもいらないです、って謙虚な気持ちになれる」

理夢人の話に耳を傾けていると、自分に必要なものは大自然なんじゃないかと思えてくる。

そっか、だからコジマさんは、私に登山用の靴下を最後にプレゼントしてくれたのかもしれない。理夢人が続ける。

「すごく大きな悲しみとか、苦痛とか、そういうものを吸い取ってくれるのは、自然しかない気がする。

大自然の中に身を置いて修行していると、みっしりと空間を満たす目に見えないものの存在をありありと感じるし、その中にはオジバもいるって実感する。自然の中に身を置くと、オジバが言葉で僕に教えてくれたことが、こういうことだったのか、って体でわかるしね。

どんなに意識していても、都会で暮らしていると、そういう感覚が鈍くなるから、定期的に山に入って、直感力を目覚めさせないとダメだと思うんだ。

直感が目覚めて、五感の扉が全部オープンになって、風通しが良くなって、自分の体が自然に戻ってくと、お弁当作りも楽しくなるし。

みんなにおいしいお弁当を食べてもらうためには、どうしても山伏としての時間も必要なの。右足と左足みたいに、両方が僕を支えて、目的地に向かって歩くのを支えてくれているんじゃないかな。

でも、山伏としてもっとも大事な行いは、祈りなんだよ」

「祈り？」

「そう、お祈り。ただただ、ひたすら祈るんだ。

祈るって、すごい大事だからね。

天下泰平、国土安穏、風雨順時、五穀豊穣。

とにかく祈って祈って、祈りまくるのが山伏としての勤めかな。

そういう祈りが、確実に世の中を支えている。今の技術ではエビデンスが取れていないっていうだけで」

「そうなんだ？」

もうすでに、どぶろくの酔いがふわふわと脳みそを緩めているような感覚を味わいながら、私は言った。

「ほら、ちょっと前にさ、ロシアがウクライナに侵攻して、多くのウクライナの人たちが苦境に立たされた時、ある日本の施設で、ウクライナの人たちを勇気づけようと千羽鶴を折って、それを届けようとしたんだ。

でも、そのことを知った何人かの著名人が批判したんだよね。

善意を押しつけるだけで、相手にとってはありがた迷惑になる、って。それよりも、バイトでもしてお金を寄付したりする方が、有効だって。

でもさ、それって部分的には合っているかもしれないけど、三次元レベルの稚拙な発想だな、って正直僕は驚いたんだ。

だってさ、祈りって、本当にすごいパワーを秘めているんだよ。当然、千羽鶴には、折った人の気持ちが込められているし、平和になれっていうフォトンがいっぱい詰まっている。実は、ものすごく有効な手段で、現物を届けるかどうかは別にして、祈りを込めた行為自体は絶対に無駄ではないと思うんだ。最後、頼りになるのは祈りだし」

「だよね」

実感を込めて、私は言った。そういうことなら、ちょっとは理解できる。

「時々、施設の入居者さんがね、自分で編んだ毛糸の帽子とかチョッキとかをくれるの。あ、この先どうしよう、って一瞬思ったりもするけど、なんか手放せなくって。すごい無心になって、私のために作ってくれたものだと特に」

「はい、うるいのツナ和えです」

割烹着の袖を腕まくりした理夢人の腕が伸びて、私の前に小鉢を置く。

一瞬ちらっと目に入った理夢人の腕がつるつるで、びっくりした。今時流行りの、メンズ脱毛だろうか。ムダ毛が一本もなさそうで羨ましくなる。

そんなことを考えてしまう私は、もうすでにかなり酔っているのかもしれない。どぶろくがお酒だというのが、私にはよく理解できなかった。子どものための乳酸飲料みたいに、すいすい飲めてしまう。

「おいしい！」

うるいのツナ和えを、一口食べて叫んだ。なんだか、真っ白い茎の部分がぬめぬめする。口に含んだ時の、きゅっ、きゅっ、という歯ごたえも新鮮だった。

フライパンの上には、さっきからたくさんの丸い物体が転がっている。これは、おそらく銀杏だ。

「修行し続けるとしたら、結婚とかは？」

なるべくさらりと聞こえるように、私は尋ねた。

「もちろん、普通にできるよ。僕の師匠も結婚して、子どもがいる。山にこもる間は、肉も魚も食べないし、男女の睦みごともしないけど、山を下りてしまえば一般市民と一緒。

「そうなんだぁ」

でも、どこにいて何をしてても、心は常に山伏としての自覚を持つようにしているけどね」

私は、ほんの少し安堵の気持ちを込めて言った。理夢人が百パーセントの聖人だったら、私とは付き合えない。

「でもさ、今回の山ごもりは、雑念だらけで、正直、全然集中できなかった」

理夢人が、ボウルの中でさきいかをむしりながら言う。

「そうなの？」

「うん」

でも、それ以上は何も言わない。その代わり、

「小鳥、まだお腹に入る？　これからさきいかの天婦羅を作ろうと思っているんだけど。さっき、引き出しの中あさってたら、ツナ缶と一緒にソフトさきいかも出てきたから」

「食べたーい」

ちょっと甘えた口調で、私は言った。どうしてこの人の前だと、素直に自分の欲求を開示することができるんだろうと不思議に思いながら。なんだか、そういうのを全然恥ずかしく感じないのだ。

「あのね」

今だ、と思って私は言った。今あのことを言わなければ、私はまた、美船の時みたいにタイミングを逃して後悔してしまうかもしれない。

真剣な表情で揚げ油の温度を確かめている理夢人の横顔から、私は決して目をそらさずに話し始めた。

「聞いてほしいんだけどさ、私の母親ってね、多分セックス依存症だったんだよ。私、幼い頃から、親のそういう場面を見て育ったの。正式には、性嗜好障害とか、強迫的性行動症っていうらしいんだけど」

リハーサルを重ねたわけでもないのに、予想外に言葉は滑らかにするりと飛び出した。そして、そのままの勢いで、私は喋った。

物心つく頃の最初の記憶に始まり、家では安心して眠れなかったこと、中学で美船と親しくなったこと、その後の美船に起きた出来事、児童相談所に駆け込んだこと、施設から高校に通ったこと、そして、ハルト君が私にしたこと。

全部全部、包み隠さず理夢人に打ち明けた。

途中で話せなくなるんじゃないかと不安だったけれど、案外平気だった。私は途中から、まるで、自分と一番仲のいい友人の半生を語っているような気分になった。そうやって話していると、確かにすべて自分の人生に起こったことのはずなのに、誰か別の人の話をしているように錯覚した。

理夢人は、ただただ私の話に耳を傾けていた。

私が自分の身に起きたことを話す間に、さきいかは揚がり、天婦羅は私と理夢人の胃袋へと静かに消えていた。一通り話し終えると、理夢人が言った。

「ハグは？　ハグはしても大丈夫？　僕は今、ものすごく小鳥をハグしたい気分なんだけど」

目を潤ませて、理夢人が私を見る。私の方は、想像していたより全然平気だったというのに、理夢人は今にも泣き出しそうな表情を浮かべている。

「今まで誰とも、ちゃんとハグをしたことがないの」

正直に、私は言った。施設のお年寄りを介護する時は、当然体と体が至近距離で近づく。結果的に、ハグみたいな格好になる時もある。そういうのは、コジマさんを介護する時間の中で、じょじょに慣れることができた。仕事なので、受け入れられるようになったのだ。でも、本来の意味でのハグはしたことがない。

「やってみる」

もしかしたらできるかもしれないという淡い希望を抱きながら、私はゆっくりと立ち上がった。理夢人が、私の前に移動する。

「嫌だったら、必ず言って。絶対に無理しないで。気分が悪くなったら、すぐに体を離すから」

「うん」

そう言った数秒後、上半身がふわりと理夢人の腕に包まれた。まるで、この人は鳥なんじゃないかと思えるくらい、理夢人の体は温かく、そして柔らかかった。

ふんわりと空気の層で包みこむようなハグは、私を心底安らかにする。決して、力いっぱいぎゅーっと強く抱きしめるようなハグではない。私は、親鳥の翼に包まれた雛みたいな気持ちになった。

「嫌じゃない、全然、嫌じゃないよ」

精一杯の感謝の気持ちを込めて、理夢人に伝えた。

私をこんなふうに、大切な物を扱うみたいにそっとハグしてくれる人が、世界にたったひとりでもいるという事実が、心の底の底からうれしかった。理夢人に話したことで、私の胸の中は予想外にすっきりと整っている。まるで、嵐の後の青空みたいに。

理夢人の翼が、いや腕が、ゆっくりと動いて、背中を撫でる。こういうことを、きっと私は母親にしてもらいたかったんだな。そう気づいたら、ちょっとだけ泣きそうになった。思い切って、自分の両手も理夢人の背中に回してみた。そのまましばらく、私たちは無言で抱擁しあった。

私は、心の一番奥深くにしまいこんでいたある記憶を、か細い糸で引き上げた。そして、静かな声で理夢人に告げた。

「私がまだ、小学校の低学年の時だったと思うんだけどね」

「うん」

理夢人が相槌を打つ。

「なんかさ、母親に言われちゃったの。

小鳥ちゃんなんか、産まなきゃよかったわ、って。

本人は、軽く冗談を言ったくらいにしか思ってないだろうけど」

忘れよう、忘れようと自分に暗示をかけながら生きてきた。でもやっぱり、あの時の記憶は消えてなかった。私は、その時の部屋の暗さや空気の湿り具合をありありと思いだした。

何も言わず、ただぎゅーっと、理夢人が抱きしめてくれる。そのことを、誰かに打ち明けたのは初めてだ。

私が顔を上に向けると、やっぱり、理夢人は泣いていた。ほっぺたをテカテカ光らせて、オジバに肩車された男の子と同じ表情を浮かべている。

「泣かないで」

そう言ったら、なぜか私の方にまで涙があふれた。

「ありがとう」

初めてのハグの感触を、身体中のありとあらゆるすべての細胞で味わいながら、私は言った。

「好きだよ」

一瞬、自分が理夢人に告白したのかと思った。でも、そう言ったのは、理夢人の方だった。

「私も」

伝えたいことを先に言われて、少し悔しい。でも、私も理夢人が好きだ。大好きだ。理夢人と会えなかった時間に、私はそのことをはっきりと自覚した。

「僕と、付き合ってくれませんか？」

とても紳士的な言い方で、理夢人が言う。

「でも、私……」

「うん、わかってる。小鳥が嫌がることは、絶対に絶対にしない。約束する。もちろん僕は、小鳥と手をつなぎたいし、キスもしたいし、その先だってしたいって思う。でも、小鳥がそれは嫌だっていうなら、しなくていい。嫌だって感じることは、どんなに小さなことでも、絶対にしちゃダメ。それに関しては僕、ちゃんと約束を守れる自信がある」

「うん」

小さな声で、私は答えた。

理夢人の手が、私の頭を撫でてくれる。そのことを、少しも不快に感じない自分がいた。もしかしたら私は、変われるのかもしれない。ささやかな希望の灯火が、胸の奥でまたたいた。

「もう少しなんか食べる？」

ちょっと空気を変えて、理夢人が言った。

「うん、もう少し食べたい」

それから、

「さっき話に夢中になっちゃって言うタイミングを逃したんだけどね、さきいかの天婦羅、最高においしかった。また、あれ作ってくれる?」

私も、部屋の明るさを強くするような気分で言った。

「もちろん。お安い御用だよ。またソフトさきいかの特売日があったら、スーパーでまとめて買って置いとくね。

ところで小鳥、お雑煮食べた?」

「老人ホームの元旦の食事に出たから、それをちょっとだけ食べたけど」

私には、年末年始を共に過ごす家族も、実家もないのだ。自らの意志でそれを捨てたのだから、仕方がない。自分が生きていくために。

私はその選択を、後悔していない。あの時、母親との関係を絶ち切って自ら家を飛び出し、本当に良かったと思っている。強がりでも、なんでもなく。

もちろん、人間なので、たまには瞬発的に淋しくなったり、他人が羨ましくなったり、人恋しくなったりはするけれど。十数年経った今、間違っていたとはますます思わなくなった。

「だったらさ、今からお雑煮食べない? 一緒に、お雑煮食べて新年をお祝いしようよ」

理夢人が弾んだ声で言う。

そのタイミングで、私たちは体を離した。私と理夢人の間を、小さな風が通っていく。

トイレに行って戻ると、理夢人が手際よくカウンターで調理しながら言った。

「小百合ちゃん直伝の、白味噌雑煮を作るから、ちょっと待っててね。丸餅は冷凍庫に保存用があるし、白味噌も調味料としていっつも常備しているから、食べようと思えばいつだって食べられるんだけど、でもお雑煮はやっぱりお正月に食べるのが一番おいしいよ。好きな人と」

理夢人が、ほんのり顔を赤らめながら言う。

「凹凸、私にもできるかなぁ？」

そんなことを自分から言うのだから、私は相当酔っているのかもしれない。でも、これから理夢人と関係を築いていく上で、きっととても大事なことだ。避けては通れない。

「いつかできるかもしれない。小鳥にも、凹凸の気持ちよさを味わってほしい」

真面目な顔をして、理夢人が言う。

「でも、その気持ちいいって感覚が、私にはさっぱりわからないから」

私は言った。

「多分、最初はみんなわからないんじゃない？　どんなに工夫したって、自分ひとりじゃ絶対に得られない気持ちよさだと思うし」

そういうものなんだ、と思いながら、私は静かに頷いた。

「あ、そろそろいいかも」

片手鍋の中では、成鳥になりかけたひよこみたいな色の液体が、ぐつぐつと煮え立っている。理夢人が、電子レンジを途中で止めて、中から丸餅を取り出した。丸餅は、完全にくつろいだ様子で、ふわりと皿の上に広がっている。

「本当は、三つ葉と柚子をのせたかったけどね。ごめん。まだちゃんと買い物に行けてないから、これで我慢して」

黒い大きなお椀に丸餅を移しながら、理夢人が言った。その上にたっぷりと、ひよこ色の汁をかける。

「どうぞ。お熱いうちに召し上がれ」

カウンターの上にお椀をふたつ並べて置くと、理夢人も私の隣に着席した。

それからふたり並んで、白味噌雑煮を食べる。白味噌で味をつけた汁が、ものすごく濃厚だ。

「あったまるねぇ」

食べているそばから、体がぽかぽかと熱を帯びてくる。

お餅を食べようと箸で持ち上げたら、どこまでもぐんぐん伸びて際限がなかった。ようやく途切れて口に含むと、ふわっふわでつき立てのような食感だ。

「小百合ちゃんが、教えてくれたんだ。白味噌は煮立てなきゃおいしくならない、って。

本来味噌は香りが飛んじゃうからグツグツ煮るのはご法度のはずなんだけど、白味噌に限っては、強火で煮詰めることで味わいが増すんだ。

知らないよね？　普通、そんなこと」

理夢人と、同じ空間で同じ食べ物を食べているだけで、私は最高にご機嫌だった。

「性欲って、なんなのかな？」

ふと疑問になって、私は言った。

「誰かと、無我夢中で交わりたいって思う、本能的な欲求なんじゃない？」

箸でお餅を持ち上げながら、理夢人が答える。

「誰かって、誰でもいいってこと？」

私は言った。

「違う違う、もちろん中にはそういう人もいるかもしれない。でも、僕は心から愛する人とだけ交わりたい」

「私もそう」

たくさんのメッセージを込めて、私は言った。

「ところで小鳥、今夜はどうする？　泊まってく？　それとも、帰る？」

「泊まってく」

私は即答した。今は少しでも長く、理夢人のそばにいたい。同じ空気を吸っていたい。だって、今日は大事な日だもの。

「でも、押入れには寝ないで」

ふと思い出して、私は言った。

「だけどここ、お布団一組しか置いてないしなぁ」

「いいよ」

「いいっていうのは、僕と同じ布団で寝てもいいってこと?」

少し恥ずかしくなりながらも、首を縦に動かす。

「もし途中でダメだって思ったら、その時は私が押入れに移る」

「だけどさぁ、同じ布団で寝たら、多分体が触れちゃうよ。平気?」

「そうしてみないとわかんないけど、でも、大丈夫そうな気がしてきた。さっき、ハグもできたし。やってみないとわからないけど」

「確かにそうだね。何事も、やってみなきゃわかんないよね。

オッケー。じゃあ、後片付けが済んだら、上にお布団敷いてくるから、ちょっとここで待ってて。

小鳥、もう眠いでしょ? 今夜は冷えるみたいだから、湯たんぽも入れておくね」

「また、パジャマ貸してくれる?」

「いいけど、大きいだろ? 今度来る時は、小鳥のお泊まりセット持っておいでよ。その方が落ち着くだろうから」

「はーい」

私は、わざと間延びした返事をした。

ひとつの布団で好きな人と寝ることを考えると、どことなくもぞもぞしてしまう。だから、あえてそのことは考えないように、残っているどぶろくをそっと喉の奥に流し込んだ。

「初恋?」

「え?」

「だから、もしかするとこれって私の初恋なのかなぁ、って」

自分で自分の言葉に照れながら、私は言った。でも、それを言うならやっぱり私の初恋の相手は美船なのかもしれないけど。

「初めて、小鳥がここにやってきた時のこと、覚えてる?」

手際よく洗い物をしながら理夢人が言う。

「僕、実はすごく動揺してたんだ。あんまりにも小鳥が素敵だから。好きになっちゃったらどうしよう、って。

でも、本人は泣きながら弁当食べてるし。その食べっぷりが、また魅力的で。

僕、物をおいしそうに食べてる人って、すごい好きなんだけど、小鳥の食べ方はまさにど真ん中っていうか」

「そうなの? ただ、ふつうに食べてるだけだよ」

私が言うと、

「本人に自覚がないだけで、小鳥はどんな物でも、本当に本当においしそうに食べる」

理夢人が断言する。

「あの時、『大丈夫ですか?』って声かけてくれたよね?」

「うん、覚えてる。泣きながら食べてる人になんて声かけていいかわからなくて、色々考えた末に出た言葉がそれだったの」

「なんかね、すごいうれしかった。ひとりじゃないんだな、って気持ちになって。

なんかさ、道端で急に転んだら、めっちゃ恥ずかしいでしょ？　でも、誰かひとりでも駆け寄って声をかけてくれたら、それだけで救われるっていうか。そんな感じだったよ」

あの時の理夢人の声のイントネーションや高さや温もりと、その後に感じた自分の感情は、今でもそっくりそのまま標本みたいにこの胸の隙間からピンセットで取り出すことができる。

すると、理夢人が言った。

「小鳥さん、これから、末長くよろしくお願いします」

「こちらこそ、どうぞよろしくお願いします」

私も、理夢人の真似をして、ぺこりとお辞儀をしながら言った。

ふたりでいると、つい楽しくていつまでもダラダラ話してしまいそうだった。

でも、睡魔がすぐそこまで迫っていた。洗面所で、半分船をこぎながら歯を磨く。

「ほら、起きて。こんなところで寝ない」

どうやら、トイレの便座に座ったまま寝ていたらしい。

「おやすみなさーい」

理夢人に挨拶し、千鳥足で二階に上がる。冷たいパジャマにもそもそと手足を通して、速攻で布団に潜り込んだ。なるべく距離を離した状態で、丸めたバスタオルと枕が置いてある。足元に入れてある湯たんぽが、あったかくて気持ちよかった。

私は、バスタオルの方に頭をのせた。

「ほんと、嫌になったり気持ち悪くなったりしたら、いつでも僕を起こして。僕が押入れに移動するから」

理夢人の声を遠くに聞きながら、私はすぐさま眠りに落ちた。そして気がついた時には、もう朝になっていた。

生まれて初めて、体の底からぐっすりと眠ったような気がする。体も頭も、ものすごくしゃっきりしている。最高の朝の目覚めだ。

「おはよう」

私が目を覚ました気配に気づいたのか、理夢人が階段を上ってくる。

「ぐっすり寝てたね」

「うん。最高の眠りだった。なんだか、生まれ変わったみたい」

私は言った。それから、両手を伸ばして自分からハグを求めた。

理夢人が、私の体をぎゅっと強く抱きしめる。

そのままの流れで、キスをした。

生まれて初めて、私は好きな人とキスをしたのだ。

それは、とても静かで寡黙な、甘いチョコレートを間にはさんで、両側から溶かすみたいな口づけだった。

その後、私たちはリムジン弁当のカウンターで朝ごはんを一緒に食べ、お昼前に店を出て、途中まで一緒に帰ることになった。

私は自転車を引いて歩き、理夢人はその横を大きな買い物カゴを持って歩いている。私はこれからアパートに戻って夕方からの夜勤に備え、理夢人は週明けから本格始動するリムジン弁当の買い出しへ行くという。

自転車の二人乗りも楽しかったけど、まだまだ時間はたくさんあるし、第一、理夢人ともっともっと話がしたい。だから、こうして歩いているのだ。

「キス、できたね」

唐突に、理夢人が言った。

「うん」

私は言った。

「気持ちよかったね」

「うん。だけど、その先はハードルが高いかも」

そのことを想像すると、なんだか体がキュッと硬くなる。

「そうだね。だからまずはいっぱいキスをしよう」

理夢人が明るい声で言う。

「でも、いっぱいキスしたら、流れでその先に進みたくなるんじゃない？」

「とにかく大事なのは、小鳥の気持ちだから。絶対に無理はしちゃダメ」

「わかってるよ。理夢人、ありがとう」

たくさんの感謝の気持ちを込めて、私は言った。すると、理夢人が急に思い出し笑いをして言った。

「小鳥、知ってる？　僕らのちょっと前の世代の人たちって、キスのこと、エーって言ってたんだって」

「エー？　アルファベットの？」

「そう、でその先がBで、そのもっと先がC」

「何それ？　意味わかんない」

「だろ、僕も常連さんからそのこと聞いて、吹き出しちゃった。

うちの弁当に、SとかMとか、名前がついてるでしょ？　それでふと思い出したらしいんだけど。そんなに歳上って感じでもないんだけど。彼は家で仕事をしてるから、最近ほぼ毎日買いに来てくれて、それで毎回ちょこっと世間話をして帰って行くんだ」

「いいなぁ、ご近所さんは理夢人のお弁当が毎日食べられて。羨ましいよ」

「確かに、雨が降っても雪が降っても必ず買いにくるお客さん、何人かいる。すごい人なんか、昼用と夜用、ふたつ持って帰ったりして。

でも、常連さんたちって、言うことも厳しくってさ。

昨日の味付けはちょっとしょっぱかった、とか、揚げ物に汁気が移ってた、とか平気でダメ出ししてくるの。

それに、僕が山伏の修行で店を休むって言うと、あからさまに嫌な顔するし」

「そりゃ、そうでしょ。いつも買っているお弁当屋さんが急に長期でお休みになったら、普通に困るもん」

「でもさ、彼ら、そのせいで飢え死にしたらどうするんだ、とか真顔で言ってくるんだよ。山伏は山伏で僕にとっては弁当屋と同じくらい大事な活動なのに。それがなかなか伝わらなくて」

「だけど、ほら、何さんだっけ？　離婚が成立した後の、お子様ランチ弁当」

「あ、ケイコさんのこと？」

「そうそう、ケイコさん。ああいうのは、いいよね。最高に嬉しかったんじゃないかなぁ」

「うん、だから僕もそう思って、極力、そういうちょっとしたサプライズは取り入れてるんだ。たとえば、再来週タツル君っていう小学四年生の男の子の誕生日なんだけど、その日はタツル君のためにキャラ弁を作ろうと思って。

他の人には、そこまでできないから普通にのり弁だけどね。ま、のり弁も人気だから、みんな当たり前に喜んでくれると思うけど。

タツル君、アレルギーがあって、普段は我慢しなきゃいけないことが多いから。その日だけは、クジラの竜田揚げとか、韓国風春雨サラダとか、甘い味付けの卵焼きとか、タツル君が食べられる好物だけを入れてあげようと思ってるんだ。それを、他の人にもお相伴してもらうの」

「いいねぇ。タツル君、絶対に喜ぶよ」

「お弁当って、蓋を開ける瞬間、ワクワクするでしょ？　今日は何が入ってるかなぁ、って。なんか、そういうのがいいなぁって思うんだ。日常の暮らしの中にちょっとした幸せがあるって、ものすっごく大事だから。

そういうお手伝いができたらいいって、僕、そう思いながら弁当屋をやってるの。大して儲からないし、きっと将来大金持ちにもなれないけど」

「わかるよ」

心を込めて、私は言った。

「介護の仕事も、そうだもの。報われないことの方が多いし、仕事だからやって当たり前で感謝なんかされないし。

でもさ、たまーに利用者さんから、心を込めて、ありがとうって言われると、もうそれだけでボーナスもらったみたいな気持ちになっちゃう」

「小鳥の仕事も僕の仕事も、それをやって当たり前みたいな部分が多いよね」

「うん。でも、それでいいのかもなぁ、って、最近ようやく、そう思えるようになってきた」

「相手に喜んでもらえる仕事をする、っていうのが、仕事をする上でもっとも大切なことじゃない？」

「うん、喜んでもらえたら自分もうれしいっていう、単純にそれだけのことなんだよね。私は、別に積極的にこの仕事がしたくて介護の世界に飛び込んだわけじゃないし、むしろ、それしか選択肢がなかったっていうか、結局それしかできなかったっていう感じなんだけど。

でも今はね、これでよかったな、って思ってるの。

だから、コジマさんには本当に本当に感謝しているんだ。できれば、コジマさんに理夢人を紹介したかった」

しんみりとした気持ちに染まりながら、私は言った。すると、

「小鳥、ちょっとだけ手を繫いでみない？　そっち側のハンドルは、僕が支えるから」

理夢人が遠慮がちに言った。

「そうだね」

あまりすごいことだと思わずに、私はなるべくさらりと言った。

それから理夢人と、少々いびつな格好で手を繫いだ。すぐに自転車がバランスを崩して、よろめきそうになる。

「やっぱ無理だったか」

「自転車を押しながら手を繫ぐのは、難しいんだよ」

「はい」

でも、一瞬繫いだ理夢人の手の温もりが、まだ私の手のひらに残っていた。大きくて、肉厚で、柔らかい手のひら。

「これから、どんな人生になるんだろう？　この先、もっともっと更なる試練が待っていたりするのかなぁ」

再びしっかりと両手でハンドルを握りながら、空を見上げて私は言った。そこには、完璧と

は言えないものの、そこそこの冬の青空が広がっている。

「小鳥というひとつの生命がこの世界に発生したことに、僕は心から感動しているよ。この星に生まれてくれて、本当にどうもありがとう」

その時ふと、私の脳裏に、あ、そうか、そういうことか、私はこの人と会うために生まれてきたんだ、という確信に近いような考えが芽生えた。なんの根拠もないけれど、微塵の疑いもなくそう思える自分がいた。

生まれてからこれまでの辛かったことは、すべて理夢人というメインのおかずを引き立てるための、まずいけどまぁまぁ栄養のある前菜だったのかもしれない。

「すごく不思議」

「何が？」

「こうして今、理夢人と歩いていることが。もう、理夢人と出会わなかった別の人生を、想像することができないもの」

かつて、リムジン弁当の前を通りかかるたびに匂い泥棒をしていた過去の自分を思い出しながら、私は言った。あの時から較べたら、人生がものすごい勢いで展開している。びっくり箱の蓋が、いきなりパカンとあいちゃったみたいだ。

「確かに、僕も小鳥と出会わなかった人生が想像できない」

しんみりとした声で、理夢人がつぶやく。

「A」

唐突に、私は言った。

「えっ？」

「だから、Ａ」

「キスってこと？　今？」

「うん、駅で理夢人と別れる前に、もう一回キスがしたくなっちゃった。ちゃんと覚えているかの復習。今なら、誰も見ていないし」

なんだか、すっかり本能に貪欲な自分がいる。

数秒後、理夢人の顔が近づいてきて、私たちは自転車を支えたまま立ち止まって数秒間だけキスをした。

「きっといつか、この先もできるね」

理夢人が優しい声で言う。そこには、これっぽっちのいやらしさも含まれていない。

「私も、そういう気がだんだんしてきた」

「うん、僕ら、絶対にできる。だって、こんなに相性がいいんだもん。

一緒にいて、全然違和感がないもん。

だからさ、いつかふたりで、最高に気持ちいい凹凸をしようね」

理夢人が、ものすごく真面目に言うので、私はつい笑ってしまった。でも、私も心の中で全く同じことを考えていた。

がんばってがんばってゆっくり歩いてきたはずなのに、もう駅に着いてしまった。

「またね」

「うん、またリムジン弁当に行くね」

中学生の心境になって、私は言った。

手を振って、地下の改札へと下りていく理夢人を見送る。

理夢人は、何度もこっちを振り返っては、その度ににっこり笑い、大袈裟なほど手を振り返した。その背中が、まぶしいほどの光に包まれている。

あぁ、この人は光の中で生きている。

理夢人の後ろ姿を見ながら、しみじみとそう思った。

圧倒的に、強いもので守られている。寝ている時も起きている時も、常に、強固な光の甲羅を背負って生きている。

だから、この出会いは私にとって最高のギフトなのだ。

今、この胸で、太陽に向かって伸びる柔らかな芽のような感触を、思う存分に慈しみたいと思った。

第六章　愛なんだぜ

翌日、夜勤明けでぼんやりしながら部屋でココアを飲んでいる時だった。理夢人から、一枚の写真と共に短いメッセージが届いた。

「明日からのお弁当の下ごしらえしなくちゃいけないのに、大量のユズが届いちゃった！　どうしよう!?」

写真は、柚子が詰まった段ボールの写真で、どうやらそれが複数口届いたらしい。

「手伝いに行くよ」

私は速攻で返信した。これでまた、すぐに理夢人と会えると思いながら。このタイミングで大量に届いた柚子に、心の底から感謝した。

化粧もせず自転車にまたがり、史上最速のスピードでガンガン飛ばす。

リムジン弁当に着くと、理夢人はいつもの割烹着姿で食材たちを相手に奮闘中だった。

「何をしたらいいか、指示して」

ゴシゴシと手を洗いながら、私は早口でたずねた。

「小鳥、来てくれてありがとう。すごく助かる」

細長い棒のようなものをすり鉢に当てながら、理夢人が言った。

「あのね、毎年この時期、自然栽培の柚子を知り合いから分けてもらって、ゆべしを作ってるんだよ」

「ゆべし？」

またまた、私の知らない食べ物が登場する。

お餅みたいなものだろうかと想像しながら、理夢人の言葉を繰り返した。

「柚子釜に、特別な味噌を仕込んで、それを乾燥させて作るんだけど、まず最初に、ここにあるゆずの中身を取り出して、空っぽにしなきゃいけなくて。でも、僕ひとりではどうしてもその作業まで手が回らなくて困っちゃってさ。

夜勤明けで疲れてるのに悪いなって思いつつも、つい小鳥に弱音メッセージ送っちゃった。ごめん」

「私がすぐに駆けつけるって、最初からわかってたんでしょ？」

冗談まじりに私が言うと、

「もちろん！　だって、小鳥に早く会いたかったんだもん」

理夢人も悪びれずに言う。

「どうしたらいいの？」

今、理夢人とじゃれ合っている場合ではないことを思い出して、私は話題を元に戻した。

「うん、まずはね、ここにある柚子を全部洗って、それから、上が一、下が九くらいになるような位置に包丁を入れて、蓋と釜に分けるの。その後スプーンで中身を取り出して、ぬるま湯につけるんだ。その後は、白い綿を取って」

「わかった。まずはそこまでやるよ」

途中で理夢人の言葉を遮り、私は言った。最初の工程でも、ここにある柚子全部に対してやるのは大変な作業なのに、これ以上続きを説明されたら、せっかく芽生えたやる気が萎《な》えてしまう。

「ずっと立ちっぱなしだと疲れるから、小鳥はなるべく椅子に座って作業してね。向こうのテーブルに、作業できるスペースを確保するから」

それだと理夢人との物理的な距離ができてしまう。そう思いながらも、理夢人の指示に従った。同じ空間にいられるだけで、心の海が満ちてくる。

「エプロン、持ってきてないよね？」

エプロンどころか、お泊まりセットだって用意するのを忘れた。そんな余裕もなく、気がつけば自転車にまたがり、リムジン弁当を目指して一心不乱に走っていた。

「だったら、これ使って。オジバのお下がりで申し訳ないけど」

理夢人が収納棚の上の方から取り出したのは、大きくスヌーピーの絵が描いてあるかわいらしいエプロンだった。かなり使い込んであり、布全体が皮膚みたいにクタッとしている。つけてみると、私の体のサイズにぴったりだ。

「いいねぇ。オジバは、ここで料理する時、いっつもそれつけてたんだ。最初の一枚はもらったらしいけど、それがすごく気に入っちゃって、どうしても同じエプロンじゃなきゃ嫌だって我がまま言うからさ、僕、必死でネット中探してもう一枚見つけたんだよ。最低でも二枚ないと、洗濯できないでしょ。

最初からあった愛用の一枚は、オジバが亡くなった時に棺に入れて、もう一枚新しく買った方が、今小鳥がつけてるやつ。

うん、小鳥もなかなか似合ってる」

懐かしそうに目を細めて、理夢人が私を凝視する。そんな大切なものを私が借りてしまっていいのかと心配になったが、ちょっとうれしくもあり、洗面所の鏡の前に立って自分の姿を確認した。

確かに、まんざらでもない。私は今、オジバとお揃いのエプロンをつけているのだと想像するだけで、なんだかオジバの温もりを肌で感じそうになる。

「理夢人も、割烹着が似合うよね」

鏡を見ながら私が褒めると、

「うん、よくお客さんにもそう言われる。割烹着って、腕まで覆ってくれるし、清潔で合理的だから。洗濯しても、すぐに乾くしね。それに、全国どこでも手に入る」

言いながら、理夢人が柚子の入った段ボール箱を重ねて移動させ、私が作業しやすいようテーブルの上を片付けた。

あの日、私はここに座って、理夢人が作ったお弁当を少し泣きながら食べたのだ。

コジマさんが静かに人生を終えたその日の夜、ここから私の新しい人生が始まった。

その縁を、しみじみと不思議に思う。やっぱり、理夢人と私を繋いでくれたのは、コジマさんなのだ。コジマさんこそ、私たちにとって愛のキューピッドだ。

ふと見ると、新聞紙を広げたテーブルの上にまな板が置かれ、その上に一本、青魚みたいに鈍く光る包丁が寝そべっている。

「包丁、研いだばっかでよく切れるから気をつけて」

私たちは、天井近くに取り付けられたテレビでワイドショーをたまに見ながら、お互い自分の仕事に没頭した。てっきり、理夢人はテレビなんか見ない人だと思っていたのに、当たり前にテレビをつけながら作業していて、それがまた新鮮と言えば新鮮だった。

まずは、片っぱしから柚子を手に取り、頭の部分を包丁でカットする。理夢人の言う通り、包丁がものすごくよく切れる。最初のうちは毎回、その切れ味にぎょっとした。

私のアパートに一本だけある百均で買った果物ナイフとは大違いだ。こういうのがプロの使う包丁なんだと思うと、理夢人の大事なものを預かっているという自覚が芽生え、自然と背筋が伸びる。神聖な気持ちになった。

それにしても、なんていい香りなんだろう。

押しつけがましくなく、それでいて穏やかに自己主張して、その場の空気を華やかに染める。ふと、自分もそんな人になりたいと思った。

私はこれまで、自分が女であることを、どこか否定しながら生きてきた気がする。もし自分が男として生まれていたら、後ろから無理やり抱きつかれて胸を乱暴に触られたり、服を脱がされそうになったり、思い出したくもないようなことをされたりしないで済んだのに、と。

もちろん、女性から男性へのセクハラだってあるだろうし、同性同士、特に男性が男性に、というのも実は結構あると聞く。表沙汰になるのは氷山の一角で、私を含め、大抵はどこに訴えたらいいのかもわからずに、自分の傷を自分で必死になめながら、その傷が静かにカサブタで覆われるのをじっと待ち、その後も騙し騙し生きているのだと思う。

ただ、性的な行為で相手から傷つけられるのは、圧倒的に女性だ。もし私が男だったら、ハルト君からも、あんな屈辱的なことをされずに済んだ可能性は極めて高い。

だから、女性として生を受けたことは損で、自分に乳房があることも、生理が来ることも、マイナスなこととして捉えて生きてきた。

でも、私は今、三十年以上生きてきて初めて、自分が女性として、今の自分として生まれたことを喜んでいる。

喜ぶというほど大袈裟ではないかもしれないけれど、とにかく否定する感情から、受け入れる気持ちへと一歩進んだのは確かだ。女性である自分として、今こうして理夢人のそばにいることが、この上なく幸せだと感じている。

自分が女だったという事実に改めて気づき、私は大きな衝撃を受けていた。

「やっぱ柚子ってさ、いい香りだよね」

私が考え事をしながら作業を進めていると、理夢人もまた作業する手を動かしながらポツリと言った。

「うん、嗅いでいるだけで、幸せホルモンが出てくるみたい」

私が同意を示すと、

「それはよかった。今日大量に届いたのが柚子で。ドリアンとかだったら、また違う空気になってたかも」

理夢人が続ける。その時にふと、あれ、もしかして？　と私は気づいた。そして、理夢人に言った。

「あのさ、私、今だから言えるけど、匂い泥棒をしてたんだよ」

「匂い泥棒？」

「リムジン弁当の前を通る時に。いっつも。

恥ずかしいんだけど、お店にはさ、なかなか勇気がなくて入れなかったのね。だから、自転車で店の前を通る時に、スピードを落として、お弁当の匂いだけ嗅いでたの。それで、幸せをお裾分けしてもらってた。勝手に、ごめんね」

「さすがにそれは気づかなかったなぁ。

でも、そんなふうにして小鳥や他の誰かが店の前で人知れず幸福を感じてくれているのは嬉しいっていうか、名誉なことだよ」

「あの頃は、コジマさんちに通う日々だったから、それが唯一、毎日の彩りっていうの？　そんな感じだったのかなぁ」

「そっかぁ。出会う前から、ちょっとは小鳥の暮らしに関われていたんだね」

「もちろんだよ！　でね、ある日前を通ったら、ものすっごく優しい香りがしたんだ。ふんわり甘いような。色のイメージで言ったら、お日様の色って感じの」

「うん」

「で、あれってもしかして柚子だったのかなぁ、って。今、そう思ったんだけど」

「季節は？」

「秋だったと思う」

「そっか、柚子だったのかな？　でも、花梨《かりん》だった可能性も捨てきれない」

「花梨？」

「そう、素晴らしくいい匂いがするんだよ。でも、めっちゃ硬くて。庭に花梨の木がある近所の女性が、毎年、持ってきてくれるんだ。もしかすると、それを切ったのかもしれない。スライスしたのを蜂蜜につけておくと、喉にすごくいいシロップになるから」

「おいしそう」

「今度、小鳥もちょっと喉がおかしい時とか、飲んでみるといいよ」

「そうするね」

あの日の自分が今に繋がり、紐の端っこと端っこが結ばれてくるんと丸い輪っかになった気がする。そしてまた、今日の今の何気ないこの瞬間も、いつかの未来と思わぬところで繋がって、輪っかがまたひとつ増えるのかもしれない。そう思うと、代わり映えのしない日常でも、思わぬところから芽が出たりして、生きているってそれだけで面白いのかも、と思えた。

そんなことを考えながらやると、単純作業もだんだん楽しくなってくる。そもそも、こんなふうに専門的な料理を作ることだって、これまでの私の人生にはほぼなかった出来事なのだ。

「理夢人は今、何を作っているの？」

柚子の方は私に任せて、理夢人はさっきからずっと同じ作業を続けている。

「明日のお弁当に、自然薯《じねんじょ》の蒲焼きを作ろうと思ってね。だから今は、自然薯をすり下ろしているところ」

「ジネンジョ？　食べたことないなぁ」

私は言った。食べたことがないどころか、聞いたことすらないかもしれない。

「明日は、今年最初のお弁当だし。新年のご挨拶も兼ねて、なんとなく華やかな中身にしようと思ったんだ。

でも、予算の関係で本物の鰻の蒲焼きはいくらなんでも入れられないから、それと似た味と食感の、自然薯の蒲焼きをメインのおかずにしようかなって。

すりおろした自然薯の片側にだけ海苔をつけて平べったくして焼くと、結構それっぽくなるんだよ。

ご飯は、スーパーで春の七草を見つけたから、それを刻んで白いご飯に混ぜて、七草ご飯にして。白いご飯にパラパラと緑色が散らばってると、なんだか雪の中から芽吹く春の植物みたいで素敵かなぁと思って」

「うわぁ、おいしそう。他におかずはどんなのが入るの？」

「一人暮らしのおじいちゃんとかで、まだお節を食べていない人もいるかもしれないから、椎茸の旨煮と、昆布巻き、あと伊達巻も入れようと思ってる。

それで、普段より手間と時間がかかってるんだけど、そこにタイミングよろしく柚子が届いたもんだから。こうして、小鳥に手伝いに来てもらう結果になったわけ。

正直、自分ひとりでやっていたら、新年早々つぶれてた。

でも、小鳥にまたすぐ会えたからラッキーだね」

自分も、リムジン弁当のおかずに間接的にでも携われていると思うだけで、誇らしくなる。

「お弁当で幸せの輪が広がるなんて、すごいことだよ」

実感を込めて、私は言った。

「日本だとさ、耐え忍ぶとか我慢とか、自分を犠牲にすることが美徳みたいに言われるでしょ？でもさ、僕は全然そう思わないんだ。我慢して、イライラしてまで、誰かにお弁当を作ってほしくない。

怒りとか悲しみとか不満とかって、確実に内臓に蓄積されるんだよ。そしていつか、深刻な病となって体に現れるんだ。

大抵の人は、そこで初めて自分が我慢していたことに気づいて、食生活を改めたり、考え方を変えたりする。でも、その頃には手遅れになっている場合が結構多いの。だからさ、そうなる前に、このままだとヤバいなって本能が感じたら、引っ越したり仕事を辞めたり離婚したり、すればいいと思うんだ。人にどう言われようが、人にどう思われようが。そんなの、他人の人生には関係ないことなんだから。

話が逸れちゃったけど、そういう我慢をさ、ちょっとでも減らすお手伝いができたらいいな、って思ってるんだ。たかが弁当だけどね。

だって、一日一食でも、蓋を開けた瞬間ニコッとして、誰かがちゃんと心を込めて手作りした食べ物を口に入れたら、小さな小さな積み重ねだけど、長い目で見れば人生が変わってくる気がしない？」

そういうことをさらりと言える理夢人を、私は無条件で尊敬する。

「うちの近所にも、リムジン弁当があったらよかったのに」

小学生や中学生、高校生だった頃の自分に、私はリムジン弁当を食べさせてやりたかった。そうしたら、きっと私の人生も違っていたはずだ。

お弁当の蓋を開ける瞬間、毎回ワクワクして、そのワクワクが、一日の中に一瞬でも刷り込まれていれば、明日を生きることに楽しみを持てたかもしれない。確かに、そのワクワクがあるのとないのとでは、大違いだ。でも、今からでもまだ遅くはないのだと、私は自分自身にエールを送った。

「だからさ、なんか壮大な夢を語るようで恥ずかしいけど、僕は、日本だけじゃなくて、世界中に、弁当の輪が広がればいいな、って思ってて。

だってさ、みんなの家の近くに、おいしくて安心して食べられるお手頃価格のお弁当屋さんがあったら、それだけでちょっと心強いじゃない？　生きてくのが、少しだけ楽になりそうでしょ？

なぜなら、食べる行為は、人生に一生ついてまわる。それで助かる人が、たくさんいると思うんだ。

だから、自分が失敗するわけにはいかないな、って思ってるの。ちゃんと経営的にも成り立って、大金持ちにはなれなくても、そこそこ自分も食べていけて、何よりも自分自身が幸せに生きていける、そういうロールモデルみたいなものを僕がちゃんと確立させれば、後に続こうって人が出て弁当屋の輪が広がるかもしれないし、そういう人たちの希望になれるでしょ」

目を輝かせて、ちゃんと夢を語れる理夢人が素晴らしい。私は、ただただ明日を生きるのに精一杯で、自分の夢など考えたこともなかったのに。

理夢人は、まさに理夢人だ。オジバがまだ肉の塊みたいな赤ん坊の彼を見て、どうして「理夢人」という名前にしたのかはわからないけど、理夢人はその通りの生き方を貫いている。

「名は体を表す、だね」

私は言った。

「ん？」

「だから、理夢人の名前がさ」

「あー、僕の名前のこと？

一流の人生を送るようにって願いを込めて、オジバがつけてくれたんだよ。体は、魂の乗り物だから、ってね」

「私は、自分の名前にどんな意味が込められてるかなんて、聞いたこともないよ。多分、意味とか思いなんか何にもなくて、ただ響きとか字面がかわいいから、つけたんだよね、きっと。

結局私って存在はさ、彼女にとっての都合のいいアクセサリーにすぎなかったのよ」

自分を卑下して言ったのではない。ただ、それが本当に真実なのだ。悲しいけれど、世の中にはそういう親がいる。子どもを産んだからといって、自動的に親としての自覚と責任感が芽生えるわけでは決してないのだ。

それから、私はふと思い出して言った。

「そう言えばね、私、ケイコさんがどうして離婚したのかなって、ずーっと気になってるんだ。他人が立ち入るべきじゃない、プライベートな分野だっていうのは、わかっているんだけど」

本当に、なぜだかずっとそのことが頭から離れない。個人的な話だから、理夢人が私に教えてくれないのを承知の上で、私は言った。すると、

「離婚の、具体的な理由ね。おそらく、小鳥には話してもいい内容だと思うから、教えてあげるよ」

そう前置きし、理夢人は作業をしながら話し始めた。私は、その声にじっと耳を傾ける。

「ケイコさんの元旦那さんは、ケイコさんより一回りくらい年上で、物知りで魅力的な人だっ

たんだって。友人もたくさんいて。僕は直接会ったことはないんだけど。

その彼が、ケイコさんと付き合い始めたばっかりの頃、貴重なのが手に入ったって言って、アダルトビデオを見せたらしいの。

まぁ、一緒に見ること自体はもうふたりとも大人だし、特に問題はないと思うんだけど、そのアダルトビデオが、幼い子が犯されるやつだったんだって」

「幼いって?」

「明らかに、小学生にしか見えなかったって、ケイコさんは言ってた。

元旦那さんは、純粋にそれを面白がってというか、興味本位で見てたらしいんだけど、ケイコさんの目には、どうしたってその女の子がものすごく怯えているのがわかったし、見終わってから本当に気分が悪くなったらしいんだ。

でも、その時ケイコさんは彼と付き合い始めたばっかりで、恋をしていたし、そのことをその場では目をつぶったんだって」

「なかったことにしたんだね」

薄い氷の上に足をのせるような気持ちで、私は静かに言った。

「うん、それ以外の面では問題ない人だったみたいだしね。

でもさ、生活を共にするようになると、好きっていう感情だけでは片付けられない、様々な葛藤とか摩擦が生まれるじゃない?

ケイコさんね、旦那さんとの関係がギクシャクしたり喧嘩になったりするたび、そのことを嫌な記憶として思い出すようになったんだって。

そして、結局この人は相手の痛みとか苦しみがわからない人なんだ、っていう結論に達したらしい。だからあんなに幼い子がひどい目に遭わされる映像を見て、単に面白がれちゃうんだって。そのことは、人として大きな欠落だって。

ケイコさんとこ、旦那さんが猫好きで猫を飼っていたんだけどね、つまりそういう映像を見て楽しむってことは、自分の大切な猫が目の前で生きたまま殺されるのを面白がるのと何ら変わらないのに、そのことが彼にはわからないんだって何回も僕に話してた。そんなことを話せるの、僕しかいなかったみたいで。

最初はさ、ケイコさん、その怒りを旦那さんに向けて、旦那さんを批判したり攻撃したりしてたんだって。でも、時間が経ってくると、やがてそれが自分自身に向けられるようになって。もし自分がその時もっと大人で判断力があれば、その場でそんな相手とは別れていたのに、それができなかった自分が悔しいって、目に涙を浮かべて僕に訴えたんだ。

だから、ケイコさんが離婚を切り出した時、旦那さんには唐突に思えたかもしれないけど、ケイコさんは長い長い時間をかけて、その結論に達して、離婚し、新たな世界に足を一歩踏み出したんだよ。

それで、僕は心からおめでとう、って伝えたわけ。

これからのケイコさんの人生が少しでも晴れるように、って願いを込めて、大人のためのお子様ランチを作って門出を祝ったんだ」

「そういうことだったんだ。

そういうのも、性暴力っていうのかな？」

しばらくケイコさんの話を胸の真ん中で反芻してから、私は慎重に言葉を選んで言った。

「そりゃそうでしょ。直接ではないけど、加害者に加担して、間接的に女の子を傷つけているんだもん。アダルトビデオ自体は演技だしフィクションだけど、そこに子どもが含まれたら、それはフィクションにはならないよ。残忍な暴力と虐待を記録しただけのものだよ。未成年者に性欲を向けて相手を傷つけるっていうのは、本当に人として恥ずべきことで、あってはならない大きな犯罪行為だよね」

「怖かっただろうね」

私は自分自身が経験した恐怖を思い出しながら、言った。十代だった私ですら、あんなに怖くていまだに引きずって生きているのだ。子どもで、しかも実際に大人たちの前で無理やり犯され、なおかつそれが映像として残されて日々人の目にさらされているという現実が、どれほど彼女を深く深く傷つけていることか、想像するだけで体が震えそうになる。

ケイコさんの言った通り、それは生きたまま殺されたのと同じことなのだ。

その子は今、どこで何をしているのだろう。ちゃんと、生きているのだろうか。

どうか、そうあって欲しいと切実に願った。

理夢人は言った。

「人知れず、そういうのを抱えて生きている人、実は多いんだろうね。オジバのところにも、そうやって傷つけられた人が、よく相談に来てたんだ。本当に本当に気の毒だと思う。自分には何ひとつ責任がないのに」

世の中には、ちゃんとこんなふうに私たちの苦悩を理解してくれる男性もいるんだな、と頼もしく思いながら、理夢人の言葉に耳を傾ける。理夢人は続けた。

「でもさ、小鳥が今ここにいるっていうのは、やっぱり小鳥自身の魂の強さなんじゃないかな? 持って生まれたものと、小鳥自身が生きていく中で身につけた能力。小鳥が、自分で自分を必死に守った結果だと思う。前にも言ったかもしれないけど」

「本当に、私が私を自分で守ったの? 私は単に、人に迷惑をかけちゃいけないと思って、じっと我慢してただけだけど」

「我慢なんか、一切しなくていいんだよ! 足踏まれて痛かったら、その場で『痛い』って大声をあげて、お前足踏んでるよ! って怒鳴ったらいいいんだ」

「え、そうなの? だってそんなことしたら、周りから逆にこっちが変な目で見られない?」

「それがなんだっていうの? だって、当事者は小鳥なんだから。痛い思いをしている本人がちゃんと声をあげなきゃ、小鳥の痛みは誰にも気づかれないで終わってしまうんだよ」

「まぁ、結局、そうなんだよね」

自分自身の半生を振り返って、私は言った。本当は、そんな短い言葉には全然収まりきらないけど。

私は、今になってやっと、痛いと言えるようになった。

ケイコさんも、きっとそうなのだろう。ようやく、その時の悲しみや嘆きや憤りを声にして、そのことを客観的に遠くから見られるようになった。

そういうことを経験した人間は、とにかくこういう状態まで辿り着くのにものすごい時間がかかるのだ。でも、その間に、風化してなかったことにできるほど、その傷は浅くも軽くもない。一枚カサブタを剝がしてしまえば、グジュグジュとした膿や血がまだそこにちゃんと残っていて、そう簡単には完治しない。

会ったことはないのに、私はなんだかケイコさんと手と手を取り合って、同じ大きな壁に向かい合っているような気持ちになっていた。

「人には、その人が生れながらに持つ生命力っていうものが備わっていて、そういうのが小鳥にもケイコさんにもあるんだよ。

人間には、どんなに傷ついていても、その傷を自分で癒していく自然治癒力があって、それは本来誰しもが持っているものなんだ。

ただ、現代社会で生きていると、どうしてもそれを失いがちになるけど。

結局のところ、そういうのを取り戻したくて、僕も山伏の修行をしているんだよね」

理夢人の言葉を聞きながらも、私は黙々と作業を続けた。

彼の言葉は、澱のように、私の胸の深いところへゆっくりと沈んでいく。

確かに、そうかもしれない。だって私は、あの時もう二度と音楽を聴くことはないだろう、と思ったのだ。でも、気がつくと、また音楽が聴けるようになっている。多分、それが自然治癒力というものだ。

「ねぇねぇ、この後、どうすればいいんだっけ?」

ちょっと話題を変えたくなって、私は言った。あと数個で、蓋と釜に分ける作業が終了する。

「そうしたら次は、皮を破らないように気をつけながら、スプーンで中身をくり抜いて、それをぬるま湯につけてほしいんだ。今、お湯を沸かして準備するから」

「了解っす」

ちょっとおどけて、私は言った。理夢人の弟子になった気分だ。

理夢人と出会ってから、世界を柔らかいと感じる場面が多くなった。

私はそれまで、世界は屈強な鋼《はがね》みたいなもので作られていると思いこんでいた。だから、触れたら危険だと思って、なるべく体を小さくして、注意しながら生きてきた。

でも、理夢人はそうじゃなかった。

理夢人と出会って、私は身を預けることを学んだ。

常に緊張して肩に力を入れていた自分から、ふぅーっと肩の力が抜けて、私は今、理夢人に自分の心を委ねようとしている。心だけじゃなくて、体もまた、委ねようとしている。

世界は、自分の意識次第で、ぐにゃりと曲がったり溶けたりするのだ。

ある瞬間に、固かったスプーンがくにゃりと曲がってしまうみたいに。それは、本当に、現実に起こり得る現象だった。

理夢人が続ける。

「取り出した柚子の中身も、使うからね。

薄皮と実のところは蜂蜜に漬けて柚子茶にするし、種からは化粧水ができるんだ。

柚子の化粧水使っていると、お肌がすべすべになるよ。できたら、小鳥にも分けてあげるね。

皮の方は、ぬるま湯に浸けた後、内側についてる白い綿の部分をとって、中に味噌を詰めるんだけど。

まず八丁味噌をみりんで伸ばして、そこに胡桃と炒りごまと道明寺粉と大徳寺納豆を混ぜて。それを柚子釜に七分目ほど詰めて、蓋をしてじっくり蒸すんだ。

それを今度は和紙にひとつずつ包んで、天井から吊るすの」

「うわぁ、説明聞いてるだけで気が遠くなりそう。それで、いつ完成？」

「冬を越して、新緑の芽吹く頃かなぁ」

当たり前のように理夢人は言った。

「ゆべし、オジバの大好物だったんだよ。

オジバは最後にゆべしが食べたいって言って、水に浸けて少し柔らかくしたのを舌にちょっとだけ載せてあげたら、すごい喜んでね。それが、オジバにとっては人生最後の食事になったの。

もともとは、オジバのお母さんがオジバが子どもの頃に作ってくれたおやつだったらしいんだけど。昔は、そういう素朴なおやつしか無かったんだろうね。まぁ、素朴は素朴でも、かなり手が込んだものだけど。

あの時のオジバ、最高にかわいかったなぁ。めっちゃ嬉しそうに、ゆべしの欠片を味わってた。だから、手間がかかるし面倒だな、って気持ちもあるんだけど、毎年、作ってあげたいなーって思っちゃうんだ。オジバが亡くなってから、完全に親と子の立場が逆転した」

「そうだったんだね」

しんみりとした気持ちになって、私は静かにつぶやいた。

「あ、そういえば、オジバの最後の言葉、小鳥にもう話したっけ？」

「聞いてないと思うけど」

「なら、教えてあげる。

オジバね、『愛なんだぜ』ってつぶやいて、めっちゃいい表情を浮かべて逝ったの」

「すごい、すごい。かっこいい！　オジバ」

「でしょ。ほんと、最後までオジバはオジバだった。

そうそう、毎年、オジバの命日は、盛大にオジバの好物を作るんだけど、今年の命日は、小鳥も一緒にお祝いしてくれるかな？」

「お祝い？」

「だってオジバは、この世界を卒業して、もっと違うレベルのところに行ったわけだから」

「うん、もちろんいいよ。その時は、このゆべしも食べられるってことだね」

ワイドショーでは、さっきから芸能人同士の不倫がどうのこうのと騒いでいる。

理夢人はテレビにリモコンを向けて画面を消した。すぐに、冬の湖のほとりに立っているような静けさが、しっとりと辺りを満たした。

「さてと、もうちょっと頑張ろうかな。小鳥は無理しないで、適当に切り上げてね」

確かに、さっきからほんのり眠くなっているのは事実だけれど、もう少し、柚子の香りに溺れていたい。

「なんかさ、こうやってここでふたりで作業してると、長年連れ添った夫婦みたいじゃない?」

とろりとした睡魔に背中を押され、私が寝言みたいにむにゃむにゃ言うと、

「だよね。僕もさっきから、小鳥とつがいになったみたいだなぁ、って思ってたんだ」

優しい声で、理夢人が同意する。

いつかそんな日が、来るのかもしれないし、来ないのかもしれない。

ただ、私はそれよりも、今すぐ、理夢人の腕枕で眠りたいと切実に思った。私の人生の新しい扉はとうの昔に開かれて、新たな人生はすでに始まっているのだ。

「小鳥、今二階にお布団敷いてあげるから、少し休んできな。夜勤明けで、疲れてるのに呼び出してごめんね」

「いいの、私が理夢人に会いたかったんだもん」

そうつぶやく自分の声が、なぜか遠くの方から聞こえてくる。

「理夢人、少しでいいから、添い寝してくれる? あなたの腕枕で、寝てみたいの」

眠気に乗じて、理夢人に甘えてみた。でも、理夢人は年明け最初のお弁当の支度で大変なのだ。断られるのを想定して言ったはずなのに、

「了解っす」

今度は理夢人がおどけて言った。

「ちょっとだけでいいよ」

ふたりで手をつなぎながら、二階へと移動する。

理夢人が敷き布団を敷くとすぐに、私はその上に寝そべった。まだシーツが敷かれていなかったけれど、もう待っていられなかった。

体のすぐ近くに理夢人の温もりを感じながら眠りにつくのは、最高だった。

もう、このまま死んじゃってもいいってくらい、幸せだった。


愛なんだぜ、かぁ。

最後にそんな言葉を残して旅立ったオジバが、格好良すぎて、めまいがする。

それからしばらくの間、私の脳裏からはその言葉が離れなかった。

職場で入居者さんの介護に当たっている時も、仕事帰りにコンビニに寄ってトイレットペーパーを選んでいる時も、アパートでテレビを見ながら理夢人が持たせてくれた鶏五目ご飯の冷凍おにぎりをチンして食べている時も、シャワーを浴びて髪の毛を洗っている時も、ずっと、私の頭のどこかに、その言葉を言いながらなぜかウィンクしているオジバの顔が、気球みたいにぽっかりと浮かんでいる。

愛なんだぜ、って言うけどさぁ、そもそも、愛って何なのだろう?

思いやりや優しさとは違うのだろうか。

愛情って言葉と、情愛って言葉が両方あるけれど、ふたつは違うものなの？

わからない、私にはまだ、愛が何か、わからない。

でも、多分私は理夢人に対して愛を感じている。

この胸でほとばしるように輝く光の粒々のことを、みんなは愛って名前をつけて呼んでいるのだろうか。


数日後、夢を見た。

夢の中でも、私はリムジン弁当のカウンターの中に立って、柚子を刻んでいる。

すると、店にカウベルの音が響き、リムジン弁当に誰かが颯爽と入ってきた。

「いらっしゃいませ」

理夢人の真似をして、私は極力明るい声で言った。私は、当たり前のように、オジバが愛用していたスヌーピーのエプロンを身につけている。

「こんにちはぁ」

いつもの調子で、理夢人もお客さんに挨拶した。彼は、私に背中を向けて、何やらおかずを拵《こしら》えているらしい。

お客さんは、カウンターの席の一番端っこに座った。おそらく十代の、まだ若い男の子だ。

「ごめんなさい。今日のお弁当、まだできていないんです」

申し訳ない気持ちで、私は言った。まだ、お弁当に中身を詰め込む作業まで到達していなかった。

「ここで待たせてもらっても、いいですか？」

男の子が、私の目を見ながら丁寧な言葉遣いで言う。

目と目が合ったその瞬間、あれ？　と思った。なんだか、以前もどこかで会ったことがあるような。でも、どこで会ったのか思い出せない。

「今日のお弁当のおかずは何ですか？」

男の子がたずねる。

そっか、まだ外のホワイトボードに今日のお弁当の中身を書いていなかったっけ、と思いながら、私は理夢人が返事するのを待った。菜箸で鍋の中の様子をチェックしながら、理夢人が答える。

「今日はね、鶏のそぼろかけご飯と、ほうれん草の白和えと白滝たらこ、あとメインは白身魚のあんかけ、一口デザートは白インゲン豆の甘露煮です」

「妙に白がつくっすね」

男の子が笑いながら指摘する。確かにそうだ。メニューに白が多くなったのは、単なる偶然だけど。

「白身魚は、何の白身ですか？」

男の子が、更に質問を重ねる。

「今日は、メバルです」

「うわぁ、贅沢ですね」

まだ若そうなのに、男の子は随分と料理に精通している。いい家の子どもなのかもしれない。

「メバル、今が旬で一番おいしいから」

そんなふうに、自分の作るおかずに興味を持ってもらえたのがよほどうれしいのだろう。理夢人の顔に、満面の笑みが広がっている。

「メバルのあんかけなんて、めっちゃうまそう。今まで、煮付けか酒蒸しでしか食べたことがないっす」

ゴクリと喉を鳴らしながら、男の子が言った。

「お腹空いてるの?」

息子というには少し歳が近すぎる気もしたけれど、私にはなんだか男の子がそんなような存在に思えてきた。

「お味噌汁とおにぎり、食べながら待つ?」

私は言った。

よく見ると、男の子はとても端整な美しい顔をしている。その顔をじーっと見つめていたら、何か大切なことを思い出しそうになった。でも、寸前のところで記憶が堰《せ》き止められてしまう。

きっと、男の子はご両親からたくさんの愛情を受けてまっすぐに育ったのだろう。着ている服や髪型なんかはイマドキって感じの子だけど、言葉遣いや物腰に、育ちの良さみたいなものがたっぷりと滲み出ている。

「もし、ご迷惑でなかったら。部活帰りで、最高に腹ペコなんです。ありがとうございます」

大きな肩を縮めるようにして、男の子が言った。

「ちょっと待っててね。今、用意するから」

私は、ふだん自分と夫が忙しい時に口にする冷凍庫に常備してあるおにぎりを二個取り出して、ラップに包まれたまま電子レンジにかける。そう、私と理夢人は、つがいになっていた。夢なので、その点については何の違和感も存在しない。その設定を、夢の中の私はすんなりと受け入れている。

冷凍おにぎりをレンジでチンしている間、私はカウンターの外に出て、味噌壺からスプーンで味噌の素をすくい上げてお椀に入れる。そこに、ポットからお湯を注いでそのままスプーンで味噌を溶かす。お椀の中で、ワカメがふわりと微笑むように広がった。

温まったおにぎりに、くるりと海苔を巻いて皿にのせ、熱々のお味噌汁と共にお盆にセットして男の子の前に置く。

「すげぇ」

男の子から、感嘆の声がもれる。

「どうぞ、あったかいうちに食べてね。せっかくお弁当買いに来てくれたのに、待たせちゃってごめんね」

夢の中の私は、妙に社交的だった。

「いただきます」

男の子が、虫養いを始める。黙々と、無我夢中で食べているその姿は、まるで太陽そのものみたいにまぶしくて、直視できない。

おにぎりと味噌汁を食べ終えると、男の子は、やっぱ、と言ってお弁当をふたつ追加し、合計三つ注文した。

「実は、父と母が、揃ってインフルエンザにかかっちゃったんです。本当は、ふたりとも寝込んでて食欲がないから、僕の分だけ自分でご飯を何とかしなさい、って言われたんですよ。でも、今おにぎり食べてたら、両親にもここの弁当を食べて欲しくなりました。

きっと、一口でも食べたら食欲が戻って、元気になってくれるのかな、って」

平気そうにしているけれど、きっと男の子は、両親の具合が心配で心配でたまらないのだろう。

「ご近所に住んでるの？」

私がたずねると、

「いえ、結構遠いっす。でも、人伝《ひとづて》にここの弁当がうまいって聞いたんで、今日はチャリ飛ばして、学校帰りに寄らせてもらいました」

男の子が、潑剌《はつらつ》と答える。

「部活は？」

紙のお弁当箱に三人分のおかずを均等に詰めながら、理夢人が聞いた。

「剣道やってます」

「おぉ、かっこいいねぇ」

理夢人が言うと、

「夏はめちゃくちゃ暑いし、常に汗臭いんで、女子に近寄る時は気ぃつかうんすよ」

満更《まんざら》でもなさそうな顔で、男の子は飄々《ひょうひょう》とした口調で言った。

「モテそうだけど」

なんだか男の子の名前をむしょうに聞きたい気持ちになりながら、でもそれをグッと我慢して私は言った。ただお弁当を買いに来てくれただけのお客さんに、初対面で名前を聞くのは失礼な気がしたのだ。

「全然全然。今は剣道に恋してるんで。来年はもう受験だし」

ということは、目の前の好青年は、現在高校二年生ということになる。

「理系？　文系？」

理夢人の問いかけに、

「理系っすね。将来、動物のお医者さんになりたいんで」

なんの曇りもない目で男の子が言った。

「獣医師さんか」

私が言うと、

「この星に生まれてきたことに、感謝してるんで」

男の子が、素敵な言葉を口にする。

あまりにジーンとしてしまい、私はどう言葉を返していいのかわからなかった。

理夢人も、きっとそうなのだろう。彼の放った言葉を舌の上でスープのように味わいながら、黙々とお弁当におかずを詰め込んでいる。

そうだね、本当にそうだよね、この星には宝物がいっぱいあるもんね。

そんなようなことを漠然と思いながら、声にならないあったかい気持ちを、胸という魔法瓶に入れて保温する。

理夢人が、おかずを詰め終えた三つのお弁当を男の子の前に置いた。

「ありがとうございます。作業、せかしちゃってすみませんでした」

きっと男の子は、理夢人が男の子が注文した分だけ先に詰め込みの作業をしたことをお見通しなのだろう。

「おいくらですか？」

私が三つ分のお弁当の値段を告げると、

「でも、おにぎりとお味噌汁が」

男の子が、体を小さくしながら訴える。

「そんなのいいよー。あれはこっちが勝手に出したんだし。逆にお待たせしちゃって、ごめんなさいね。

お父さんとお母さん、早く元気になってくれるといいですね」

男の子がお財布から出した千円札三枚を、両手で受け取りながら私は言った。

千円札は、何度も読み返された手紙みたいに皺くちゃになっている。そこに、ほんのり男の子の体温が残っていた。いただいたばかりの千円札を保存瓶の中に入れ、中から取り出した小銭を、男の子の右手にそっと手渡す。

私が持ち帰り用の紙袋を出そうとすると、男の子は、自分のリュックサックから風呂敷包みを出して、手際よく三段に重ねたお弁当を包み込んだ。

「風呂敷、いいですね」

私が褒めると、

「便利なんで」

ぺこっと頷きながら、男の子が照れ笑いする。

「ごちそうさまでした！　おいしかったです！」

この日一番の大きな声で言いながら、男の子は足元に置いてあったリュックサックを屈んで持ちあげた。その時、白いトレーナーの中からネックレスが飛び出し、男の子の顔に小さな石がぶつかった。

「アメジスト」

私は言った。そして、その瞬間全ての謎が解けた。

「待って！」

と叫ぶ自分の声で目が覚める。

間違いない、男の子は、美船の息子だ。ちゃんと生きていた。ちゃんと生きて、大きくなって、ちゃんと幸せになっていたんだ。そう思ったら、じんわりと目に涙が溢れた。

「美船ぇ！」

私は心の中で絶叫する。

美船の産んだ男の子だよ。あなたの息子が、私と理夢人に会いに来てくれたよ。すごい好青年になってたよ。うん、美船に似てた。そっくりだった。よかったね。美船、よかったね。それに、美船が私の誕生日にプレゼントしてくれたアメジストのネックレス、一回美船に返したつもりだったけど、ちゃんと行き着くところに行って、輝いてたよ。

すごいね。すごいことだね。奇跡だね。そっか、この星には奇跡がいっぱいあるんだね。あの子の言った通りだよ。この星に生まれてきたことに、私も感謝だよ。

美船と会えたことも、理夢人と会えたことも、大きくなった美船の息子に会えたことも、最高に最高に最高にかけがえのないギフトだ。

すると、美船が言った。

「アメジストの石言葉、小鳥、わかってるの？」

「もちろん、知っているよ。ちゃんと調べたもん。

高貴、誠実、心の平和、でしょ。

アメジストは、マイナスのエネルギーを、プラスに変えてくれるんだよ。絆を深めて、愛の強さを守り抜く力を与えてくれるから、愛の守護石って呼ばれているんだよ」

私の口からは、いつだったかネットで調べたアメジストに関する情報がするすると出た。

あー、もっと美船の息子と話したかった。やっぱりちゃんと名前を聞いておけばよかった。すぐに目を閉じれば、もしかするとまた美船の息子に会えるかもしれない。そう思って試してみたけれど、現実はそんなに甘くない。

今日も朝から仕事なのだ。職場では、私の介助を必要とするおじいさんやおばあさんが待っている。

「でもさ、ちゃんと幸せに生きているってことがわかったもんね」

夢もまた現実なのだと思いながら、私は言った。そして気づいた。

いつぞや理夢人が言っていた、オジバが今もここにいる、という意味は、きっと、いや間違いなく、これのことなのだ。

オジバがここにいるように、美船もまた、ここにいる。私や息子のすぐ横や前や後ろにいて、絶えず私たちの様子を見守っている。

「ありがとう」

私は美船に伝えた。

ずっとずっとそばにいてくれて、本当に本当にありがとう。

私は、やっとそういう気持ちになれたことが、自分ですごくうれしかった。

「うん、今日も一日頑張ってくるよ」

私は言った。今度は、もうひとり、私を見守ってくれているだろうコジマさんに。

みんなみんな、ここにいるんだね。

見える人も、見えない人も。全員がここにいて、溶け合って、ひとつになって、この星を作っている。

「もしもーし」

理夢人から電話がかかってくる。私は、ちょうど日勤を終えて、帰り支度を整え、今まさに自転車を動かそうというところだった。

「おつかれさま」

ありったけのねぎらいの気持ちがこもった声で、理夢人が言ってくれる。大体、一週間のスケジュールは理夢人に伝えているので、理夢人には今私が仕事を終えたというのがわかるのだ。

「はぁ、今日は大変だった」

ため息混じりに、私は言った。

「またおじいちゃんが脱走した？」

理夢人が楽しそうにたずねる。

「いや、また脱走されたら本当に困るよ。老人ホームとして、あってはならない事態だもん」

入居者の男性がひとりで施設を抜け出して行方不明となり、警察を交えての大捜索が行われたのは、つい一週間前のことだ。もう、あれは本当に悪夢のような出来事だった。あの時、男性の身に何か起きていたらと想像すると、今でも内臓まで冷や汗が出る。

どうやら、理夢人には私の職場でのあれこれが新鮮で面白いらしいのだ。私にとってはなんでもない日常の一コマでも、理夢人にはまるで楽しいお話に聞こえるらしい。

「今日は何が大変だったの？」

「忘れちゃった」

理夢人と話していたら、私が今日感じたストレスなど、取るに足らないことのように思えてきた。相手の言葉に、いちいち感傷的になって落ち込んでいては仕事が務まらない。第一、あの人は認知症なのだ。すると、

「もしよかったら、これからこっちにモヤシ食べに来ない？」

理夢人が言った。

「モヤシ？」

「うん、モヤシ。だけじゃないけど。でも、やっぱり主役はモヤシかな。

今日は、旧暦の元日だから」

「旧暦の元日だと、モヤシなの？」

私が知らないだけで、世の中ではそれが常識なのかと思って理夢人に投げかけると、

「うん、僕んちではそうだったんだ。旧暦のお正月に向けてオジバが豆からモヤシを育てて、それを食べて新年をお祝いしてたんだよ。

新年のお祝いにモヤシを食べるのがわが家だけの習慣だっていうのは、大人になってから知ったことで」

と、そこまで理夢人が言った時、

「うわ、小鳥ごめん、今お湯が沸いちゃって、ちょっと待って」

ふだん冷静な理夢人が、珍しく慌てている。

「わかった。部屋に戻って荷物置いて着替えを持ったら、とりあえずそっちに行くね」

正直、モヤシかぁ、という気持ちは拭えないけど、せっかくのお誘いではあるし、私も理夢人に会いたいので、用件だけを早口で伝えた。

「オッケー、待ってまーす」

砕けた調子で理夢人が言い、電話を切る。

それから、なるべく効率よく準備をして、リムジン弁当に向かった。もう、道端の土の中で福寿草が咲いている。朝晩はまだ寒いけれど、季節は確実に春に向けて進んでいる。

リムジン弁当に到着すると、理夢人はすでに夕飯の支度をして待っていた。

「おかえり」

「ただいま」

日本全国そこらじゅうで交わされているだろう、なんの変哲もないありきたりの短い会話のはずなのに、私は毎回、心のほっぺたが赤く染まるのを感じてしまう。なんか、これだけでもうお腹いっぱい、って気分になるのだ。

「あのね」

降ったばかりの雪みたいに真っ白い割烹着を着た理夢人が、楽しげな声で言う。

「オジバが人生でいっちばん貧乏だった時、近所に住む中国の人が自分で作ったモヤシを分けてくれたんだって。で、そのモヤシが最高においしくてさ、お姉さんと夢中で食べたって言ってた。それで、作り方を教えてもらって、自分でも作れるようになったんだよ。めちゃくちゃ貧乏で、それこそ極貧生活だったから、靴下もパンツも買えなくて、穴があいてもそれをお姉さんが何回も針と糸で繕ってくれて、それをボロボロになるまで着続けてた頃の話ね。

でも、そこでオジバがすごいと思うのは、その極貧時代、確かに大変だったんだけど、人の優しさにも触れることができたから、その時代があって良かった、って言うんだ。

汚い、とか、臭い、とかあっちに行け、とか野良犬みたいに扱われる一方で、自分の食べるご飯を半分にしてでも姉弟に食べ物を分けてくれる人たちがいたんだよ。モヤシの作り方を教えてくれた中国人みたいに。

だから、生活には困らなくなってからも、あの大変な時代を忘れないように、ってことで、年に一回、旧暦の正月にモヤシを食べてたんだ。その習慣が、僕にも受け継がれて現在に至るわけ」

私は、いつだって理夢人の口から語られるオジバのエピソードが大好きだ。

「私なんて、モヤシはただ安いから、仕方なく買って食べてた」

私が打ち明けると、

「でしょ、大抵はそうだよ。世間一般では、モヤシってかなり蔑《さげす》まれてる。可哀想なくらい。

でもさ、ちゃんと料理すれば、モヤシは立派なご馳走になるんだ。モヤシ炒めを上手に作れるようになったら、料理人として一人前だ、っていうのがオジバの持論で、確かにそうなんだよね。

モヤシ炒めは、ただ適当に作ったら、びしゃっとして全然おいしくならない」

理夢人が言う。

「そう、そうなのよ。モヤシ炒めって、どうしても水っぽくなっちゃうの」

人生で何度か試したモヤシ炒めは、どうにもこうにも張りがなく、悲惨だった。そして、それを食べざるを得ない自分もまた、惨めに思えた。

「だったら、今から僕が、世界一おいしいモヤシ炒めを作ってあげるから、小鳥、食べる準備をして少し待ってて」

理夢人が、自信たっぷりに言う。

理夢人がカウンターで調理する間、私は手を洗って席について待機する。何度も思うが、やっぱりこの位置から見る理夢人は格別に男前だ。

「ビールがいい？　それとも、お正月だからワインとか日本酒でもいいけど。この間お客さんにもらったスパークリングワインもあるよ」

「うーん、自転車漕いできてちょっと喉が渇いたし、なんだか空気が春っぽくなってきたから、まずはビールをいただこっかな」

私は言った。

すると、ガス台に中華鍋を置き、そこに火をつけて油を垂らしてから、忍者のような素早さで、理夢人が冷蔵庫から缶ビールを出してくれる。

「コップは自分で取れるから大丈夫」

私は言った。洗いカゴの中から、適当にふたつ、ガラスのコップを取り出して缶ビールのプルトップを持ち上げる。微妙に不揃いのふたつのコップに、上手に泡が出るよう慎重に注ぎ、ひとつを理夢人の方へ差し出した。

「乾杯っす」

見つめ合い、互いのコップを軽くぶつけてから、理夢人と軽くキスをする。いつの間にか、私たちの間でそれがお約束になっていた。

理夢人が中華鍋にモヤシを入れると、だんだん、音が大きくなってくる。理夢人の表情は、真剣そのものだ。

「小雨くらいの火加減が理想的なんだ」

ゆっくりと中のモヤシを菜箸でかき混ぜながら、理夢人が言う。

「小雨？」

あまり意味がわからず私が繰り返すと、

「うん、強火でガンガンやる必要は全くないんだよ。だから、ザーザーいう大雨みたいな音がしたら、火が強すぎるってこと。中火より少し強いくらいの火加減が理想的で、そうするとサラサラと小雨が降っているような音がする」

「なるほどね」

私は言った。冷たいビールが、心地よく喉を落ちていく。

「それで味付けは？」

これだったら私にも作れるかもしれない、と淡い期待を抱きながら、理夢人にたずねる。

「基本は、日本酒ちょっとと塩胡椒だけ。オジバはたまに花椒っていう胡椒を入れていたけどね、入れなくても十分おいしい。花椒、高いし」

「ホアジャオ?」

「うん、中国原産のミカン科サンショウ属の植物で、よく四川風麻婆豆腐に入っているスパイス。日本のサンショウよりもピリッと辛くて、見た目は赤い粒胡椒みたいな感じかな?　あ、もうそろそろできるからね。小鳥、出来立てを食べてね」

中華鍋の中のモヤシに塩を振り、手の甲に取って味見をしながら理夢人が言う。私は、空になった自分のコップに自分でビールを注ぎ足し、準備万端でモヤシ炒めの登場を待つ。

「はーい、召し上がれ」

大きなお皿に、こんもりと雪山みたいにモヤシ炒めが盛られている。

「いただきまーす」

元気よく言って、大きなスプーンで小皿にモヤシ炒めを取り分けた。

「そういえばさ、今日ここ来る時、福寿草が咲いていたよ」

ふと思い出して、私は言った。

「ほんと、年々春の訪れが早くなってるよね」

私の隣の席に移動して、理夢人も自分の小皿にモヤシ炒めをよそっている。

「おいしい!　何これ?　絶品だよ」

感動のあまり、口にモヤシ炒めを含んだまま言った。

「でしょ、うまいだろ、僕のモヤシ炒め。オジバも、これだけはお前にかなわないって、認めてくれた味だもん」

すぐ横で、理夢人ももりもりモヤシ炒めを頬張っている。

「これだけでご馳走だね」

モヤシ炒めをおかわりしながら、私は言った。

「これが、僕にとっては春の味なんだ。モヤシは、生命力の塊だから。命を体に取り入れて、そうやって新しい春を迎えるの」

しみじみと、理夢人が言葉にする。

「なんだか今までモヤシのこと下に見てて、ごめんなさい、って感じだよ。もう、モヤシさん、本当に本当に、ごめんなさーい。おいしくなかったのは、モヤシさんのせいじゃなくて、私がちゃんと料理をしてあげてなかったからなんだね」

私は本当にモヤシに対して申し訳ない気持ちになった。

「それにこのモヤシは、僕が愛情をかけて育てた特別なモヤシだもん」

「どうやって?」

私がたずねると、

「まず、緑豆を水に浸けて、発芽させて。その水も、山に入って湧き水を汲んできたの。光に当てちゃうと普通に緑色の葉っぱが出てきちゃうから、瓶を丸ごとアルミフォイルで包むんだ。それで、芽が伸びるのを静かに待つ。一日に二回、水を取り替えながら」

まるで、自分が可愛がっているペットの話をするみたいな表情を浮かべ、理夢人がモヤシの育て方を教えてくれる。

あんなに山盛りあったはずなのに、理夢人のモヤシ炒めはすぐになくなった。最後の一本まで、残さずに感謝していただく。

「食べ物って、元は命なんだねぇ」

皿に残されたわずかな汁を見ながら、私はそっと囁くように言った。

「モヤシの一本一本にも、僕らと同じように尊い命が宿っている」

理夢人の言葉に、私は深く頷いた。

命なんだ。全部全部、ここにあるものすべてが、命なんだ。他の、誰かの命が私の体に入って、私になって、私のすべてを作っている。私の体は、みんなの命を運ぶ船みたいなものなのかもしれない。私は、その感動を、ひとり胸の内で味わっていた。

それから理夢人は、水餃子とお赤飯のおにぎりを出してくれた。水餃子の中には、たくさんの百合根が入っていてホクホクする。

一体、私の体の中にはどれだけの命が含まれているのだろうと、食事をしながら何度も同じように思った。

缶ビールがなくなった後は、お客さんにいただいたというスパークリングワインを開ける。なんとも素敵な、旧暦の元日だ。

私は、ふと思い出して、大人になった美船の息子が夢に出てきたことを理夢人に報告した。私の少ない語彙で、どこまで正確に私の興奮が伝えられたのかは自信がないけれど、おそらく半分くらいは伝わったんじゃないかと想像する。

一通り私が話し終えると、理夢人は言った。

「きっと美船さんが、会わせてくれたんだね。っていうか、会わせたかったんだよ、小鳥に」

「そうだね。美船の、自慢の息子だもん。美船、誇りに思ってるよ、だってあんなにいい子に育ったんだもん」

夢というのを忘れて、私は言った。

「すべて、結果オーライだね」

「うん、私もあの子とバイバイしてから、そう思った。美船は、あんな形で死んじゃったけど。悔しかったし、悲しかったし、黙ってそんなことをした美船を恨んだ時期もあったけど。どうしたって、避けられなかったのかもしれない」

まだ、完全にあのことを自分が消化しきれているとは言えない。その時のことを思い出せば、私はいつだってどこでだって、泣いてしまう。たとえ、最高に面白いと評判のお笑い芸人のライブを見ている時だって、涙を流せる。どこでも泣ける、っていう点だったら、私はどんな女優さんにも負けない自信がある。

でも、夢の中でだけど美船が産んだ息子に会って、少しは美船を許す気持ちになった。中学時代、美船と共に笑ったり泣いたりアイスを食べたりした時間があっただけでも、意味があったのだ。やっぱり私は、美船を嫌いになんかなれないし。

今でも、美船のことが好きで好きでたまらない。

「もうすでに、美船は誰かに生まれ変わっているのかな？」

私は言った。でもその問いかけに、理夢人は答えない。

答えない代わりに、私と理夢人は唇を合わせた。

さっきの乾杯の時の軽い挨拶代わりのキスとは違い、もっと濃厚な、ディープなやつだ。

途中から、理夢人の唇が、なんだか程よく熟れた果汁たっぷりのフルーツのように思えてくる。もっともっといっぱいいっぱい、理夢人の唇が食べたい。唇だけじゃなくて、もう理夢人の体ごと全部飲み込んでしまいたい。祈るような気持ちで、そう思った。

理夢人の手が、顔以外の私の体にそっと触れる。私は、全然嫌に感じない。嫌じゃないどころか、もっともっと色んな場所に触れて欲しいと切実に願う。

みんなが口を揃えて「気持ちいい」と言っているのは、これのことだったか、と、私は遅ればせながら理解した。理夢人の手の温もりは、確かにとても気持ちよかった。

「濡れてるかも」

正直に、自己申告する。

「女の人は、気持ちいいと濡れるもんね」

「じゃあ、男の人は？」

「男は、気持ちいいと勃つ」

「単純だね」

「うん」

それから私は、もう一回長いキスがしたくなって、今度は自分から理夢人の唇に触れた。さっきは服の上からだったけど、今度は直接、理夢人の手のひらが私の肌を優しくなでる。

それは、私があの時にされた乱暴な、まるで大量生産された物を扱うような冷たい触り方とは全然違って、自分がとても大切な存在であることを思い出させてくれるような、慈しみに溢れた触れ方だった。

でも、お互いカウンターの椅子に腰掛けたままだったから、それより先に進むことはできない。

「お茶淹れようか」

「うん」

今日はこのくらいまでにしておくのが、私たちにはちょうどいいかもしれない。

「グッドスリープっていうハーブティがあるから、それでいい？」

少し恥ずかしそうな表情で、理夢人が席を立つ。

お湯を沸かしながら、理夢人が言った。

「僕の知り合いで、お互いに、性体験をしたことがない者同士が結婚したんだよ」

「つまり、旦那さんは童貞で、奥さんは処女？」

「そう、ふたりとも、結婚してから初めて凹凸をするようになったらしいんだけどさ。結婚当初、どこに入れたらいいのかわかんなくて、奥さんのお尻の穴に入れてたんだって」

「うわぁ」

それ以外の言葉が出ない。

「でも確かに、知らなかったら、わからないかも。そんなの、誰も教えてくれないから。私の場合はさ、母親のセックスでなんとなく知ってたけど」

「うん、そうなんだよ。ちゃんと大人が子どもに、どうやって赤ちゃんができるかはもちろん、どうすれば赤ちゃんができないようにするかも含めて、教えないと。じゃないと、たとえ性暴力を受けても、それが性暴力だってわからない」

「同じようなことを、美船も言ってた」

理夢人が、ヤカンからティーポットにお湯を注ぐ様子を見ながら、私は言った。

「小鳥に嫌な記憶を思い出させて申し訳ないけど、児童養護施設でされた屈辱的なことだって、ちゃんと大人が子どもに性教育をしていたら、防げたんじゃないかって思うんだ」

あの、顔に広がった奇妙な生ぬるさを思い出すだけで、私は気分が悪くなって吐きそうになる。もしも通りすがりにあいつを見かけたら、私は間違いなく、首を絞めて殺してやりたいと思う。本当に殺さなくても、死ぬ寸前まで苦しい思いをさせてやりたい。それが当然の報いだと、自信を持って断言できる。

「ちゃんと親とか学校が性教育をしなかったら、そりゃあ巷に溢れてる誤った情報の方に手を伸ばして、真に受けるよ。

僕は幸い、オジババがしっかりとそういうことを教えてくれたし、できる範囲で正しい知識を周りにも伝える努力をしたけど、そうじゃなかったら、わかんないもん。

性教育をすると寝た子を起こすとかって言うけど、僕から言わせれば、ちゃんとした性教育をしないことの方が、寝た子を変なふうに起こすと思うんだけど」

ハーブティを飲みながら理夢人と話していたら、だんだん眠たくなってくる。

ふたりで手分けして後片付けをし、歯を磨き、パジャマに着替えた。

「ねぇねぇ、ふたり同時に、同じ夢を見ることってできないのかなぁ」

布団に入って私が言うと、

「多分それが今なんじゃない？　今、僕らが現実だと思っているこの世界こそが、誰かさんの大きな夢の世界なんだよ」

眠たげな声で理夢人が囁く。

「おやすみ」

「おやすみ」

軽くキスをして、私たちはそれぞれ別の眠りの世界へと続く扉を開ける。

体の奥がまだひっそりと湿っているのを感じながら、私は静かに理夢人の方へ寝返りを打った。

第七章　凹凸

私の体は、常に更新されている。

皮膚は毎日再生され、眼の細胞は二日ごと、胃の内側の細胞は三日ごと、肝細胞は六週間ごと、骨格細胞は三ヶ月ごとに生まれ変わる。人間の体は三十七兆もの細胞でできていると言われているが、七年ほどで、それら全ての細胞が入れ替わる。

そう、理夢人の本棚から借りてきた本に書いてある。

だから、ハルト君にあんなことをされた時の私とは、もう細胞レベルで入れ替わっている。骨も、血液も、すべてが新しくなり、あの頃の私の体は、存在していない。

いる、と思っているのは、私の錯覚に過ぎない。

私は、常に新品の自分を、現在進行形で刷新し続けている。もう、穢れても汚れてもいないのだ。

その日、私の体はまっさらな状態で理夢人に包まれた。

あれほど躊躇《ためら》ったり怯えたり逃げ出したりしていたのが嘘みたいに、実際してみると、私はすんなり理夢人の体を受け入れることができた。最初の一回こそそれなりの痛さを感じたものの、二回目からは何の違和感も抱かなかった。

そういうことだったんだ、と私は当たり前のように腑に落ちた。心から好きだと思える相手とだったら、私も凹凸ができたのだ。これまで、そういう相手に巡り合っていなかっただけのことだった。

理夢人と結ばれていることに、気持ちの安らぎを感じた。居心地がいいと、細胞レベルで思えた。あるべき場所に、あるべきものが、微塵の隙間もなくきちんと収まっている。それはまさに凹凸で、私の凹に理夢人の凸がぴったりとはまっている状態だった。

やっと会えた。

探し求めていた相手と、ようやく出会えた。

理夢人と交わるたび、私は心の底からそう思った。会えた、というより、再会できた、と表現した方が近いかもしれない。

やっとわかったよ、私は理夢人の心に語りかける。

凹凸って、体と体を重ねるだけの行為じゃないんだね。

見た目は確かにそう見えるけれどさ、核心は、魂と魂を寄せることにあるんだね。愛する人の魂をいとおしむ行為こそが、凹凸なんだね。

私は、もっともっと、これ以上近づけないというくらい、理夢人の魂に近づきたい。できるなら、この手でその魂に触れたい。でも、魂は目に見えないし、実際に形ある存在ではない。だから、魂を包んでいる理夢人の体そのものを抱きしめる。

最初は、一方的に理夢人に解きほぐされるだけだった私が、少しずつ、理夢人の気持ちいいと感じる地点がわかるようになった。理夢人の体を無我夢中で慈しみながら、私は彼の魂との距離を狭めようと必死になる。

私たちは、たいていの場合、明け方に愛を交わす。眠りからふと目を覚まし、夢の余韻を引きずりながら、寝ぼけ眼でお互いの体を模索する。口いっぱいに甘い蜜を含むかのような、至福のひと時が訪れる。

理夢人が、時間をかけて丁寧に私の体を下ごしらえしてくれるおかげで、私の体は、まるで自分のものではないみたいに柔らかくなる。そんな時私は、自分が理夢人によって調理されるお惣菜になった気分になるのだ。

理夢人は、決して面倒くさがったり焦ったりしない。じっくりと素材の様子を観察し、いちばん「いい」状態で火を止める。そして、あとは余熱で時間をかけて調理する。

私は理夢人の腕の中ですっかりくつろぎ、無防備な姿をさらけ出す。そこに、羞恥心は存在しない。理夢人の前でなら、どんな自分でも大っぴらにさらけ出すことができる。

声も、少しずつだけど、上手に出せるようになってきた。

「気持ちいいよ」

理夢人の体があるべき場所に収まると、彼はありったけの感情を込めて、そう言葉にする。

「最高に幸せ」

私も、自分が何か途方もないものにたっぷりと満たされているのを実感する。

そんな時、決まって私の脳裏をよぎるのは、がんもどきだ。

お出汁をたっぷりと含んだ、ほんのりと甘いがんもどき。コジマさんがこの世界から旅立った日の夜、私は初めて、リムジン弁当の扉を自力で押して、中に入った。そして、お弁当を食べた。

そこに並んでいたおかずのひとつが、がんもどきだった。あれを口に含んだ時、私は急に悲しくなって、涙があふれた。コジマさんにも、こんなにおいしいものを食べさせてあげればよかったという後悔の気持ちで、胸が水浸しになっていた。

でも今、私の体と心は、あの時のがんもどきになっている。たっぷりとおいしいお出汁を吸い込んで、抱えきれなくなったお出汁が、体の奥からこぼれ落ちる。

体と心と、両方で感じるオルガズムは人間の愛で、性器のみで感じるのは動物の愛。

今なら、そう語ったというオジバの言葉の意味が、なんとなくだけど理解できる。私たちは確かに、人間にしか得られない、全身全霊のオルガズムに向かって進んでいる。

そういう感覚に浮遊している時、私は人間に生まれてきてよかったとしみじみ感じる。そこには、おそらく人間にしか味わえない、美しく光り輝きながら静かに波打つ、平和な世界が広がっている。

私たちは、理夢人が射精をしようがしまいが、たいてい、その後もしばらく繋がったままでいる。私は、その時間が特に好きだ。体の奥の方に理夢人の温もりをぼんやりと感じながら、時々じゃれ合ったりキスしたり、世間話をしたりする。

ある時、理夢人が教えてくれた。

「一匹の精子には、二十三個の染色体と、プロスタグランジンって呼ばれる脂肪酸と、イオンとか酵素とか微量元素とかと、他にも生命の維持に不可欠な物質が含まれていて、その一匹と卵子が出会うことによって、ひとりの人間が誕生するんだって」

「すごいね」

私は言った。

だって、私も理夢人も、始まりは、ほんの小さな精子と卵子の結合なのだ。そのちっちゃなちっちゃな受精卵が、細胞分裂を何度も何度も繰り返して、やがて、唯一無二のひとりの人間としてこの世界に誕生する。

「小鳥も今感じてる？」

うん、しっかりうなずくと、理夢人は嬉しそうに目を細めた。

「感じてるよ。だからいっぱい濡れてるでしょ？」

「わかる、僕が感じると小鳥も感じるし、小鳥が気持ちいいと、僕も気持ちいいから」

気持ちよさは、与えれば与えるほど自分に返ってくる。ギフトは、何倍にも膨らんでブーメランのように戻ってくる。

凹凸は、その繰り返しだった。互いに裸で抱き合って肌を重ねていれば、それだけで得体の知れない幸福な膜に体ごとすっぽり包まれる。

「射精する瞬間とか、よく、いくって言うけどさ、どこにいくんだろう、っていっつも僕、不思議なんだ」

「あっちの世界？」

「天国ってこと？」

「わからないけど」

「死ぬ時もいくって言うよね」

逝くと、確かに言う。

「普通にどっか買い物に行くとかの行くと、死ぬ時の逝くは、違うのかな？」

「一緒じゃない？　基本的には。目的地が近いか遠いかの違いって気がするけど。

でも、死んで逝く場合は、もう戻ってこない」

「じゃあ、気持ちいい時の『いく』はどっち？　遠いところ？　それとも近いところ？」

「うーん、多分、その中間じゃない？　一瞬遠いところまで飛び立つけど、でもまた戻ってくる。

フランス語では、オルガズムのことを『小さな死』って表現するんだって。カナダに短期留学してた時、フランス人のクラスメイトが教えてくれた」

「小さな死？　一瞬、死ぬってこと？」

「多分、死ぬのと同じくらい解放されるって意味なんじゃないかと、僕なりに解釈しているけど。

予想だけどさ、死ぬ瞬間って、案外気持ちいいんじゃないかな？　オジバは、絶対にそうに違いないって断言してたけど」

「気持ちいいの？」

「うん、体という檻から解放されて、宇宙に素粒子がパーッと広がっていく。僕の中では、死ってそんなイメージなんだ。

小鳥は？　死んだらどこに行くと思う？」

「うーん」

難しい質問だ。どこだろう？　私は、死んだ後どこに行くつもりなんだろう？

「でも、また生まれ変わって、それをぐるぐる繰り返すんじゃないかな？　だって、理夢人といると、なんだか以前にも会ったような気がするもの」

大切な想いを綺麗な箱に詰め、さらにそこにリボンを結んでから、理夢人にプレゼントするような気持ちで私は言った。理夢人が続ける。

「仏教とかによるとね、人って、魂を成長させるために生きてるんだって。何回も生まれ変わって、そのたびに魂を切磋琢磨して、完璧に成長できたら、上がりになる」

「上がりって？」

「もう、人間には生まれなくていいってこと」

私はまた人間に生まれ変わって、理夢人とこんなふうに何回でもイチャイチャしたい。だから、まだ上がらなくていい。ようやく、愛する人と凹凸ができるようになったのだ。

「あ」

理夢人が、口を開けてぽかんとした。

「また、元気になってきた」

そう言いながら、すでに腰を動かしている。

それから私たちは、再び本格的に愛し合った。言葉なんか交わしている余裕がないくらい、真剣に相手の体を、心を、そして魂までもを慈しもうと手を伸ばす。気持ちよくて、私は思わず声を上げた。

こういう思いを、美船にも味わってほしかった。

大好きな人に抱かれて、思う存分気持ちよくなってほしかった。

凹凸の喜びを、知ってほしかった。

そう思ったら、ツーッと涙が滴り落ちる。

美船、私、ちゃんと約束を守ったでしょ。

あなたからの言いつけ、守ったでしょ。

そんなメッセージを美船に伝えながら、私はこれまでに味わったことがない類の心地よい開放感に満たされていた。それは、体の内側からにじみ出るような、誰かの優しい微笑みに包まれるような、温かく穏やかな感覚だった。

その余韻に包まれながら、私は理夢人の腕の中で少しだけ泣いた。


日曜日の昼下がり、理夢人とお弁当を持って近くの河原までピクニックに出かけた。お弁当を作るのは理夢人で、自転車を漕ぐのは私。その役割分担が、じょじょに定着しつつある。

私と理夢人がふたりとも日曜日丸々休めることは滅多にないけど、そんな幸運が巡ってきた日には、理夢人とゴージャスな一日を過ごす。ただ、世間一般で言うゴージャスの意味とは違うかもしれない。私と理夢人の間では、時間を気にせずふたりっきりでいくらでもイチャイチャできる時間こそが、ゴージャスだ。

うれしかったのは、理夢人が私の誕生日に曲げわっぱのお弁当箱をプレゼントしてくれたことだ。理夢人は、実用的な物でごめんね、と何度も申し訳なさそうに言ったけど、私には最高の贈り物だった。

バースデープレゼントをもらうのは、コジマさんが私に登山用の靴下をくれて以来だ。ちなみにその靴下を、私は最近冷え対策としてはくようになった。もらった当初はサイズが大き過ぎてはけなかったのに、今は重ねばきをするのでサイズが大きい方が逆にありがたい。なんとなく、何年も先の私の未来を見越して、コジマさんが先回りしてプレゼントしてくれたとしか思えない。

コジマさんがくれた登山用の靴下と理夢人がくれた曲げわっぱは、私の暮らしの必需品になりつつある。

理夢人は、その曲げわっぱに私のお弁当を詰めてくれる。日勤の仕事を終えて夕方ちょっとだけ顔を出す時でも、その日のお弁当を小鳥専用曲げわっぱに入れておいてくれるのだ。

お弁当の蓋を開ける瞬間、私の興奮は絶頂に達する。こんなにワクワクドキドキする時間が、日々日常的に味わえるなんて、幸せ以外の何ものでもない。この興奮も全部全部ひっくるめて、理夢人からのバースデープレゼントなのだ。理夢人と出会って、私はようやく自分の誕生日を、喜ぶべき特別な日だと思えるようになった。

河原のベンチに並んで座ってお弁当を広げながら、理夢人はお弁当のおかずやお客さんの話をし、私は老人ホームでの出来事や入居者さんの話を聞いてもらう。

同じお弁当でも、ただ外で食べるだけでおいしくなるし、そこが景色のいい場所だったら、おいしさは尚のこと飛躍する。

何の変哲もない、ただふりかけを混ぜただけのおにぎりだって、理夢人と美しい川べりの風景を見ながら食べれば、私にとっては世界一のご馳走になる。コンビニのおにぎりと理夢人のおにぎりとでは、一見同じに見えるけど、全然違う。理夢人のおにぎりには、理夢人の愛情がぎゅーっと込められていて、それを口に含む時、私は、あぁ、これが愛なんだなと体で納得する。

まったく、オジバの言った通りだ。

愛なんだぜ、と、今度は私の方から逆にオジバにウィンクしたくなる。

理夢人と出会って、自分が変わった部分はたくさんある。私は日々、理夢人から影響を受け、その都度少しずつ変容している。その最たるものは、仕事が以前より楽しくなったことだ。いい意味で、肩の力を抜けるようになった。

「理夢人はさ、私と会って、何か変わったことってある？」

お弁当箱に入っていた卵焼きを箸で持ち上げながら、私は理夢人に質問した。卵焼きには細かく刻んだ玉ねぎが入っていて、理夢人は私だけにお弁当を作ってくれる時、私の好みを優先して少し甘めの味つけにしてくれる。

「そうだなぁ」

理夢人は、自分で作ったタコウィンナーをしげしげと見つめながら首を傾げた。

「生きてることってやっぱすげーなって、痛感するようになったかも。そばで小鳥の生き様を見てて、それを日々肌で感じてるっていうか。質問の答えにはなってないかもしれないけど」

「え、私？」

「だって小鳥、最初の頃、自分の人生は最低で最悪だって断言してたでしょ。セックスで人が誕生するなんて信じられない、みたいなこと、平気で言ってたもん」

「うん、確かに言ってたね。

私は今までずーっと、凹凸は汚らわしくて、人間の欲望そのものを形にした醜い行為だって思い込んで生きてきたから。

どうしてあんな無様な行為で人間が誕生するのか、本当にずっと疑問だったの」

「でも、そんな小鳥がさ、今は自分から僕を求めてくるようになったんだよ」

「うん、それは確かにすごいことだ」

私は言った。

ちょっと前まで、私は自分の人生なんかどうなってもいいと、本気で思っていた。生まれちゃったから、仕方ないので死ぬまで生きるしかないと。でも今は、もっと貪欲な自分がいる。やりたいことは全部この人生でやりきっちゃおう、と思っている。

「自分がさ、こうだ、って思い込んでいることも、実はそうじゃないんだ、ってことがわかったんだよね」

でもそれは、理夢人と会えたからそうなったのだ。

理夢人との出会いがなければ、私の人生は最低で最悪のまま続いていたに違いない。

「だから、私を見つけてくれて、本当にどうもありがとう」

私が言うと、

「いや、リムジン弁当に来てくれたのは、小鳥だし。小鳥が自力で、僕に会いに来てくれたから今がある。

だから、こっちこそ、見つけてくれてありがとうだよ」

理夢人が改めて私を見た。

「背中を押してくれたのは、コジマさんだけどね」

「うん、だから僕、会ったことはないけど、コジマさんにいっつも心の中で感謝しているんだ」

「一体、どういう魂になったら、人間を卒業できるのかな？」

私は、ふと思いついた疑問を口にした。理夢人が首を傾げる。私は続けた。

「煩悩って、よく言うじゃない？　お釈迦様は、煩悩をなくすことが悟りに繋がる、って言ったわけでしょ？　でもさ、たとえば性欲を人間からなくしちゃったら、子どもが生まれなくなって、人間そのものができなくなるよね？　お釈迦様は、それを望んだの？」

本当に素朴な疑問だった。理夢人なら、なんでも知っていて、誰もが一発で納得できる明確な答えを提示してくれるかもしれない。でも、理夢人は難しい顔で腕組みをすると、そのましばらく固まった。

「うーん」

そして、何度も同じ言葉を繰り返しては、首の位置を変える。しばらくしてから、ゆっくりと、考え考え、言葉を紡いだ。

「それはさ、おそらく、欲そのものを否定している訳ではないんじゃないかな？　わからないけど。その欲に、執着することを戒めているのであって」

「そうなんだ」

「僕さ、小鳥と凹凸をするようになってね、感じることが大事なんだ、ってすごく思うようになったの。

だってさ、これからの時代、ＡＩとか量子コンピューターとか、もっともっと進化して、難しい計算とか、未来予測とか、なんでもやってくれるわけでしょ。ロボットの技術も進んで、人間の役割をどんどん担うようになっていく。生身の人間とロボットの差異はみるみる狭まって、人間だろうがロボットだろうがそう違わない時代が、結構間近に迫っているんじゃないか、って思うの。

でもさ、そうなった時、人間が唯一ロボットに勝るのは、感覚なんじゃないか、って気づいたんだ。感じるってこと？　だって、いくら技術が進んでも、ロボットは感じることができないもん。そこが、ロボットと人間のいちばんの違いって気がする。

でもって、感じることの最大の行為が、凹凸じゃない？」

「そうだよね」

感じなかったら、凹凸はできない。理夢人が続ける。

「この先、人間がロボットに肩代わりしてもらえることはいっぱいあるけど、でもどんなに優秀なロボットでも、人間そのものを作ることはできないでしょ。いくらロボットの技術が進化したってさ、ロボットは濡れることがないし、勃つ気持ち良さも味わえないんだ。

人間は、人間しか、しかも男と女でしか作れないんだよね。

だから、これからの時代、人間がしなくちゃいけないのは、自分の五感を使って、ちゃんと体で感じることだと思うんだ。

もっともっと感じて、感覚を磨いて、感受性を研ぎ澄ませること。そうすれば、どんなにロボットに活躍の場を奪われても、ロボットと人がそれぞれの役割を担うことで共存できるんじゃないかな？」

「そんなことを考えてたの？」

私が驚くと、

「いや、ただ小鳥と無心で交わってると、なんか最高に幸せだ、って本当にそう思うんだよ。小鳥が、僕の体で感じてくれたり濡れたりしてくれることが、単純にすげーなって。だから、やっぱ凹凸って、素晴らしい行為だな、って改めて思うの。

こんな話していると、またすぐ小鳥としたくなってくるから困るんだけどね」

実は、さっきお弁当を持って河原へ来る前にも、私たちは一度凹凸をしてきたのだ。でも、理夢人の言ったことはその通りだった。私も、こんな話をしていると、すぐにまた、彼と体を重ねたくなってしまう。

「だから、性欲じゃないんだよね」

私は言った。

「性欲じゃなくて、理夢人欲」

「そうだよ、小鳥。その通りだよ。僕の場合は、小鳥欲。小鳥としたくてしたくて、小鳥のことを考えるだけで、体が勝手に反応しちゃう。でも、相手は小鳥でなくちゃ意味がないの。

それを、ただ誰とでもいいから暴力で脅して相手を従わせたりとか、睡眠薬を飲ませて一方的にセックスしたりとか、そういう自分本位な欲望を満たすためだけの一方的で暴力的な性欲を、お釈迦様は煩悩と呼んで戒めたんじゃないのかな？」

「そうか」

すとんと納得して、私は言った。それから、続けてお辞儀をする。

「ごちそうさまでした。今日のお弁当も、すばらしかったです」

恋人に手作りのお弁当を作ってもらえる自分は、なんて幸せ者なんだろう。そう、しみじみ実感しながら蓋を戻した。

「帰ろっか。帰って、少しお昼寝しよう」

ベンチから立ち上がって、理夢人が言う。

「じゃあ、途中コンビニに寄って、アイス買って帰らない？」

私は言った。

「もし、コンビニで白くまのアイスが売っていたら、それにしたいの」

その想いが美船にも届くよう、私ははっきりと声を出す。

だって、私は美船と会えなくなって以来、白くまのアイスを封印していたのだ。アイスは大好物だからアイス全般を食べなくするのは無理だったけど、でも美船が一番好きだったそのアイスだけは、なんだか食べる気にならなかった。

美船に対する私の中の静かな怒りがそうさせていたのかもしれないし、それを食べると悲しくなるのがわかっているから、無意識のうちに避けていたのかもしれない。真相はわからない。でも、もう解禁していいような気がした。理夢人と食べるのなら、美船だってきっと許してくれるだろう。

「最悪じゃなかったね」

ふと思い出して、理夢人に告げた。

「私の人生、最低でも最悪でもなかったかも」

「うん、僕も自分の人生について、そう思ってる。ハードなことがいっぱいあったとしても、それと同じだけハッピーになればプラスマイナスゼロになるし、更にもっとハッピーになれば、辛かったことも悲しかったことも、人生全体のパーセンテージとしては小さくなる。

そうやって、最終的に勝利の形に持っていけばいいだけの話だもん」

「劇的な大逆転とかは難しくても、日々コツコツとお弁当食べたり凹凸したりして喜びを積み重ねていけば、いつか自分でも気づかないうちに逆転しちゃってるのかも」

「そうだよ、毎日少しずつでもつつがなくっていうのが大事だね。

だからさ、僕ら、これからもそうやって生きていこう」

理夢人が、空を見上げてにっこりと笑う。その横顔を見ていたら、私もまた、空に向かって微笑みたくなった。柄にもなく、命のつながりのすべてに対して、ありがとうと感謝の言葉を伝えたくなった。


オジバの命日の食事会に、私は少しだけ遅れて参加した。本当は、その日は半ドンの希望を出していたのだが、同僚の女性に夜勤中の飲酒疑惑が持ち上がったため、急遽、その他全員のシフトが変更になった。

彼女は陰でボスというあだ名で呼ばれており、勤務中でも平気でタバコを吸うなど、以前からトラブルメーカーだった。ただ、介護のスキル自体は高いので、今辞められては困るという施設側の事情もあり、なんとか一緒に働き続けられるよう他の人のシフトを変えることでピンチを乗り切る形となったのだ。ただし、勤務中の飲酒は絶対にありえないので、今後二度とそんなことが起きないよう、単独での夜勤からは外された。

仕事を終え、急いでアパートに戻ってシャワーを浴び、よそ行きのワンピースに着替えてからリムジン弁当へ向かう。

食事会のメンバーは、理夢人と私と小百合さんの三人だという。本当はもうひとり、オジバが子どもの頃から親しくしていたという新潟在住の従兄弟が出席する予定だったが、彼は少し前に体調を崩して入院したため来られなくなった。

私が店の扉を開けて中に入ると、すでに小百合さんと思われる人物がカウンターのスツールに座って理夢人と話しこんでいた。これまで、小百合さんのことは理夢人から断片的にしか聞いていない。理夢人に小百合さんを紹介され、私はようやく本人との御目文字が叶った。

小百合さんは、想像の範囲を遥かに超える魅力的な人だった。ただ美しいというのとは違って、そこはかとなく可愛くもあり、ただ見ているだけでこちらの胸が綺麗なピンクに染まるような、まるでアイドルみたいな人だった。私は、最高に美しい夕焼けに遭遇したような気持ちになった。

私が隣の席に座ると、理夢人が細長いシャンパングラスを冷凍庫から取り出し、そこに茜色のとろりとした液体をなみなみと注ぐ。

「まずは食前酒の、カクテルをどうぞ」

カウンターには、特等席にオジバの写真が飾られている。

心なしか、いつもより厨房の周りが整然として見える。どっしりとしたガラスの花瓶に活けてある真っ白いユリの花束は、小百合さんが今日の日のために持ってきたものかもしれない。

三人で、静かに乾杯した。

「でもさ、ヨシミちゃん、いい日に旅立ってくれたよねぇ」

最初に声を発したのは、小百合さんだった。その声は、どこからどう出しているのか、ものすごく低い。ちなみに、小百合さんは超短髪、しかも角刈りで、後ろ姿だけを見れば、小柄な男性に見えなくもなかった。小百合さんの中身は男性である。

「ワシなんか、親の命日もろくすっぽ覚えてないくせにさ、ヨシミちゃんの命日だけは忘れないもんね。毎年、こうして理夢ちゃんが呼んでくれるからありがたいよ」

今日は、七月七日、七夕だ。おそらく、ヨシミちゃんというのは、オジバのことを言っているのだろう。

「ヨシミちゃん死んでからさ、もう、何年?」

小百合さんが、カウンターの下で足を組み替えながら聞いた。小百合さんは、上下揃いの白い麻のスーツを着ている。そのせいか、小百合さんのいる場所だけが昭和初期の雰囲気に包まれていた。

「五年、かな」

理夢人が遠い目をして答えた。写真の中のオジバは、そんなふたりの会話を温かく見守るような眼差しを浮かべている。

「どこに雲隠れしちゃったんだろうねぇ。ちゃんと毎日おいしいもの食べて暮らしてるのかねぇ？」

そう言うと小百合さんは、茜色のカクテルを一気に飲み干した。

それは、ものすごくおいしい飲み物だった。グラスの縁にざらざらとした食感の塩が盛ってあり、その塩気が口の中で混ざると、更に味に深みが生まれる。私がもったいぶってちびりちびり舌にのせて味わっていると、理夢人が教えてくれた。

「スイカとトマトとグアヴァの果汁をそれぞれ凍らせて、冷蔵庫でゆっくり解凍させて混ぜたのに、ジンを一滴だけ入れてあるんだ。

オジバ、もともとはお酒が大好きな人だったんだけど、病気してから飲めなくなって。でも、このカクテルを作ってあげたら、すんごく喜んでくれてさ。晩年は、何かというとこれを飲んでた」

「あと、あれな」

小百合さんが、低い声でつぶやく。

「養命酒の豆乳割り」

「養命酒の、豆乳割りですか？」

私には、どんな味か全く想像がつかない。

「ヨシミちゃんがさ、病院に見舞いに行くと、飲め飲めって、牛乳瓶に入れて出してくれるんだけど、ワシはもう匂いだけで、オェッて」

小百合さんが、今にもこの場で吐きそうな表情をする。

「オジバ、体に負担をかけず、でもお酒は飲みたいって、なぜか一時期、養命酒にハマった時期があって。しかも、牛乳より豆乳の方が健康的だろう、とか言って」

「ありゃ、本格的にまずかった」

「そう、だから命日に養命酒の豆乳割りで乾杯するのは、最初の一回だけで取りやめになって」

こっちの飲み物になって良かったたな、と思いながら、私は言った。

「甘いんだけど爽やかで、いい感じ。塩も効いてるし」

「同じ色同士の食材は、基本、相性がいいからね」

一滴だけ入っているというジンの存在が、私の緊張と不安を優しくほぐし、大丈夫だと耳打ちする。隣にいる小百合さんとは、仲良くなれそうな予感がした。

「じゃあ、次の料理を用意するから、しばしご歓談を」

紳士然として、理夢人が言う。今日も、真っ白い割烹着がとてもよく似合っている。

私は、カウンターに頬杖をつく格好で、てきぱきと立ち働く理夢人の動きを、まるで夏の終わりの線香花火を見るような気持ちで見つめ続けた。小百合さんが、一服のため外に出る。

前菜の一皿目は、じゅんさいだと言う。

「じゅんさい？」

私が聞き返すと、

「そう、水草の一種で、淡水の沼に生息するんだよ。よーく見ると、葉っぱの形がくるんと丸まってるでしょ？　じゅんさいは、新芽を食べるんだ。今がちょうど旬だからね」

理夢人が丁寧に教えてくれる。

「今日の料理はすべて、オジバが好きだったものだけだよ。

こうして亡くなった人を偲びながらその人が好きだったものを食べることは、供養になるんだって。

だからオジバ、今、絶対に喜んでるはず」

涼しげなガラスの楕円形の器の中に、じゅんさいがぷかぷかと浮かんでいる。こっちの方が食べやすいからと、理夢人がスプーンを出してくれた。小百合さんが、一服から戻って来る。不思議なことに、ボスみたいな嫌なタバコの臭いはしなかった。

「小百合さん、まだ葉巻っすか？」

理夢人からの問いかけに、

「そうよ、ヨシミちゃんとハネムーンでキューバに行ってさ、そこで葉巻の味を覚えちゃったから。この歳になっても、止められないの。まだ理夢ちゃんが生まれるずっとずっと前の話だけどね。

葉巻吸ってると、時間が戻ってさ、あの当時のヨシミちゃんとのラブラブな時代を思い出すんだよ。

あー、死ぬ前にもう一回、キューバ行きてぇ」

「行ったらいいじゃないですか？」

理夢人の言葉に、

「あのなぁ、ワシにとってキューバっちゅう国はな、ヨシミちゃんとしか行かん場所なんや。そう決めてんねん」

小百合さんが、急に関西弁でまくしたてる。その言い方があまりにオッサンくさくて、私は必死に笑いを堪えた。そんなふたりの他愛ない会話を耳にしながら、目の前のじゅんさいを口に入れる。

舌の上に、つるりとじゅんさいが滑り込んだ。じゅんさいはぬめりのあるゼリー状の衣にしっかりと包まれていて、噛むとこりこりする。つるつる、ぷりぷり、こりこり。

その個性的な食感が、面白くてやみつきになる。なんだか、ふたりの会話は漫才みたいだ。

「おいしいね」

会話を邪魔しないよう、そっと理夢人に伝えた。

「気に入ってくれて、よかった。じゅんさいって、採るのがすげぇ大変なんだって。僕も何年か前に一回、生産者さんを訪ねたことあるんだけどさ、本当に重労働なんだよ。収穫した後も、手作業で大きさを選別しなきゃなんないし。

だから、小鳥が喜んで食べてくれたら、じゅんさいを育てた人の苦労が報われる」

「どんぶりいっぱいでも食べられそう」

私が言うと、

「わかるけどさぁ」

理夢人が含み笑いを浮かべた。もしかすると、じゅんさいは、ものすごく高級な食材なのかもしれない。

「じゅんさいそのものがすでに完成されてるから、鰹と昆布の出汁に浸けて一晩寝かせただけで、こんなにも味が豊かになるんだ」

「理夢人は食べないの？」

そのことにふと気づいて私がたずねると、

「うん、今日は料理人に徹しようと思ってね。オジバに、僕の最高の料理を食べてほしいから。でも、ちょこちょこ味見してると、結構、お腹がいっぱいになるから大丈夫。

僕はね、こうして自分の料理を食べて誰かが幸せに満たされてる顔を厨房からこっそり見てるのが、いっちばん好きなの。だから今日は、わざわざ食べに来てくれて本当にありがとう」

そう言うと理夢人は、一度姿勢を正してまっすぐに私と小百合さんの方を見てから、丁寧にお辞儀をした。

こちらこそだと思いながら、またひとつ、じゅんさいを舌の上にのせた。

「さてと、次は」

理夢人が、冷蔵庫に貼りつけたメモを見ながら独り言をつぶやく。

「あ、あれだ」

意味ありげな表情を浮かべ、鉄の鍋に油をたっぷりと注いでいる。

しばらくしてから油の中に浮かべたのは、輪切りにした薄い膜のようなものだった。理夢人はそれを次々と鉄鍋に入れ、菜箸を片手にじっと様子をうかがっている。

「もしかして、ポテトチップス?」

ついさっきまでのっぺらぼうだった楕円形の薄い膜が、油の温度が上がるにつれ、体をくねらせたり反らせたりしながら、軽快なリズムで踊っている。中には、妊婦さんのおなかみたいに、一部分だけぷっくりと膨らんでいるのもあった。

「正解」

「ポテトチップスなんて、自分で作れるんだぁ」

もっと特別な、得体の知れない調理法で誕生するのかと思っていた。

気がつけば、リムジン弁当全体に軽快なリズムが広がっている。行ったことはないしそれほど知ってもいないけれど、もしかするとキューバでは、こういう明るい音楽がそこら中の家から聞こえてくるのかもしれない。

小百合さんが、また一服しに席を立つ。

理夢人は、油の中から一枚、また一枚とポテトチップスを丁寧に引き上げ、バットの上に移動させる。もう油から出てもよいとお許しが出たポテトチップスは、どれも皆、美しい黄金色に揚がっている。

ポテトチップスを冷ましている間、理夢人が昆布茶を淹れてくれた。細かく刻んだ昆布から抽出した、正真正銘の昆布茶だという。本物の海の滋養が、お腹の底にじんわりと染み渡っていく。

理夢人が、真剣な眼差しでポテトチップスに塩を振りかけ、更に部分的に青海苔も散らす。それらを中華どんぶりにふわりと山のように盛りつけ、私と小百合さんの席の間に置いた。

「はい、オジバが大好きだったポテトチップス」

「やったぁ！」

外から戻ってきた小百合さんが、片手を上げてジャンプしながら歓声を上げる。

「元々はさ、オジバがよく僕のおやつに作ってくれたんだ。だから僕は、大人になるまで、市販のポテチを食べたことがなかったの」

「幸せだよねぇ。ほんと、ヨシミちゃんはこの子のことを溺愛してたから。ワシがヨシミちゃんと別れて、その後この子が来たからね。理夢ちゃんもヨシミちゃんに助けてもらったかもしれないけど、ヨシミちゃんもさ、理夢ちゃんにすっごくすっごく救われたんだよ。

そいでワシも、救われた。それまでさ、なんていうかヨシミちゃんを捨てた罪悪感にさいなまれながらずーっと生きてたから。

人づてに理夢ちゃんのこと聞いて、心の底からよかったぁ、って思ったの。これは神様からヨシミちゃんへのサプライズだって確信したよ」

小百合さんが言うと、

「ほんと、絶妙なタイミングでしたよね。僕はもちろん覚えていないけど。でも、物心つく頃には小百合さんがオジバの横にいました」

理夢人がしんみりと言う。

私は、ポテトチップスの山から色よく揚がっている一枚をトランプのように抜き取って、そっと口に運んで咀嚼した。ふたりの会話を邪魔しないよう、奥歯を使ってスローモーションで噛んでいると、ふわりふわりと青のりから放たれた磯の香りが広がってくる。

今まで袋から食べていたポテトチップスとは比べものにならないほど、理夢人の作ったポテトチップスは完成された芸術品のようだった。自然と、次なるポテトチップスへ指が伸びる。

自分の顔に、満面の笑みが広がっているのが自分でもわかった。その間も、理夢人と小百合さんはオジバのことを話している。

「でもさ、理夢ちゃんが物心つく頃のうちらは、完全に友情だから。キューバにハネムーン行った時のラブとは、根本的に違うのよ。

一回ちゃんとお別れして、夫婦関係を清算して、それでも情みたいなのがぼんやりと残り香みたいにあって。割り切れない思いっていうの？

ヨシミちゃんは、理夢ちゃん育てるのに必死で、でもすげー生き生きしてて、ようやくワシと離れても生きていけるっていう自信をつけたんだよ。

そんなヨシミちゃんが、ワシの目には魅力的に映った。

でも、一回失敗してるから、今度の関係はあくまで友情って腹を括ってさ。

ヨシミちゃんもそれをちゃんと理解してくれて、もう一回、今度は友達として付き合おうって結論に達したんだよ。

それでたまにヨシミちゃんとこ遊びに来て、理夢ちゃん育てを手伝ってたの。なんかふたりがあんまり楽しそうだったから、ワシも仲間に入れてー、みたいな軽い乗りよ」

理夢人も、カウンターから手を伸ばしてポテトチップスを口に含む。それから、納得した様子で首を数回縦に動かす。

「僕、本当にいろんな人に育ててもらいましたよね。もちろん、オジバが僕に無償の愛を毎日注いでくれていたから、一時的に他の人のところに預けられても、オジバが絶対に迎えに来てくれるって信じられたんですけど。

オジバのおかげで、自分の境遇が全部チャラになるどころか、おつりが来るくらいです。産みの母が僕を堕ろさずに産んでくれたことも、サンサーラに置いてってくれたことも、すべてに対して今は感謝の気持ちしかないんです」

淡々とした口調で理夢人は言った。背伸びしてそう言っているとかではなく、本当に、本心から言っている言葉だというのが、私には手に取るようにわかった。

こういう理夢人に触れると、私はますます理夢人を好きになってしまう。

「あぁ、懐かしい。サンサーラ。ワシとヨシミちゃんの夢のお城が、サンサーラだった。ヨシミちゃん、ひとりになってからもサンサーラを続けてくれてさ、それが何よりも嬉しかったんだ」

それから小百合さんは、ちょっとオシッコ、と言って席を立ち、トイレにこもった。それから、長いこと出てこなかった。

「いっつも、こうなんだ。普通にオジバの思い出話してるんだけど、途中で急にいろんなことを思い出すんだろうね。小百合ちゃん、決まってトイレで号泣するの。

きっと僕より、喪失感が大きいんだよ。いまだに、オジバともう会えないってことが、悲しくて悲しくて、仕方がないんだろうなぁ。僕よりも、ずっと長くオジバと一緒にいたから。もちろん、いい時間だけじゃなくて、時にはののしりあったりとか、別れ話の時はそれこそ刃傷沙汰になって警察が駆けつけたりとかもしたらしいけど。

そういうのを全部全部ひっくるめて、いい思い出なんだろうね。

オジバと小百合ちゃんの関係については、もう僕の想像なんかが及ばないくらい深いつながりなんだよ。小百合ちゃんはオジバのことを本気で愛していただろうし、オジバももちろん小百合ちゃんを本気で愛していたと思う。

でもさ、ふたりはどうしても肉体の壁を越えることができなかったんだね。逆に言うと、それくらい体って偉大なんだよ。ただ単に魂を包んでいる入れ物ではない気がする」

その時、ふとトイレのドアが開いて、小百合さんが出てきた。

「あー、すっきりした」

地声でそう言う小百合さんの手に、理夢人がそっと、あったかいお手拭きタオルを手渡す。業者が届けてくれるビニール袋に入ったお手拭き用のタオルではなく、今しがた、理夢人が濡れタオルを電子レンジでチンしたやつだ。

それを、リレーのバトンを渡すみたいに、何も言わずささっと小百合さんに手渡した。最高のファインプレーだ。

小百合さんはそれを暗黙の了解のように受け取ると、両手で広げてゴシゴシと顔全体にこすりつけた。明らかにオッサン的行為だが、小百合さんがやると、なぜか可愛く見えてしまう。

「あー、気持ちいい」

地声でそう言いながら、でもまだ涙が収まらないらしく、タオルの内側からひっくひっくとすすり泣く声が漏れてきた。タオルから立ち上る湯気を見ながら、理夢人の優しさを改めて思う。

「うん、もう平気。理夢ちゃん、今年も呼んでくれてありがとね」

小百合さんはそう言って顔を上げると、最後、そのタオルで豪快に洟《はな》までかんで理夢人に戻した。

泣いた後の小百合さんは、完全に小学生だ。確か、歳はもうかなり上のはずなのに、肌はみずみずしく、可愛らしさが一層際立って見える。

「理夢ちゃん、そろそろ、アレいかない？」

「了解っす」

短く返事をした理夢人が、冷蔵庫を開けて、中から氷入りの袋に入ったとうもろこしを取り出す。それから、おもむろにとうもろこしの皮をむき始めた。

「オジバ、夏は毎日のようにとうもろこし食べてたんだ」

「そう、いろいろ食べ方とかを工夫してね」

「でも、その前にゆべしを切りましょう」

「あ、ゆべし。そうだよ、忘れてた」

思い出して、私は言った。確かに、冬に仕込んだゆべしが、もういい頃合いになっているはずだ。

「僕もまだ、味見てないからドキドキだけど。今年は、小鳥にも手伝いに来てもらって、ふたりで作ったんだよね」

猛スピードで自転車を飛ばした、あの冬の日が懐かしい。

「だったら、日本酒飲もうよ」

小百合さんが提案する。

「いいっすね。今日来られなかったオジバの従兄弟が、何日か前に佐渡島から送ってくれたおいしい酒があるんで、せっかくだからそれを開けましょう」

もう一度、今度は日本酒で乾杯した。理夢人が、今年のゆべしを薄く切って出してくれる。

そのゆべしを、小百合さんはあろうことか両目にのせて、見て見て、ジョン・レノン、とはしゃいでいる。

ゆべしの味は、正直、よくわからなかった。というのも、私はこれがゆべしの味というのを知らない。だから、ポテトチップスを口に含んだ時の瞬発的なおいしさは、感じることができなかった。おいしいと思えばおいしいし、まずいと思えばまずいような、曖昧な味だった。

「うん、大人の味だね」

横でしげしげとゆべしを見つめながら、小百合さんがつぶやく。もう、ジョン・レノンタイムは終わったらしい。

「確かに」

理夢人も、彼女の言葉に同意して頷いた。やっぱり、他のふたりにとっても、ゆべしは微妙な味なのかもしれない。それに気づいたら、ちょっとホッとした。いつもよりアルコールは飲んでいないはずなのに、私はふわふわと宙をさまよっているような気分だった。確かに、ゆべしには辛口の日本酒がよく合う。

「そういえばさ、この間面白い話を聞いたんですけど」

理夢人が、とうもろこしを茹でる準備をしながら話し始める。

「サーファーとかダイバーとか、海にいる時間が長い人たちいるじゃないですか？　その人たちって、納豆アレルギーになる人が多いんですって。その話を教えてくれたお客さんも、納豆アレルギーなんだけど。

それで、その因果関係を調べた人がいるらしくて」

「えー、因果関係なんてあるの？」

私よりも早く、小百合さんが反応する。

「僕も、最初は、因果関係なんてあるはずない、って思ったんですけどね。あるんですよ。

つまり、納豆のネバネバ成分、あるじゃないですか？　僕も名前は忘れちゃったけど、そのネバネバ成分とクラゲの触手が共通してたらしいです」

「へぇ！」

私と小百合さんは、せーので申し合わせたみたいに同じ反応をした。

「ってことはさ、海に入ってクラゲにいっぱいさされると、そのネバネバ成分に対してアレルギー反応を起こしてしまう、ってこと？」

「そうなんです。小百合ちゃん、その通り」

てきぱきと作業をしながら、理夢人が一瞬ちらっとこっちを見る。

「小鳥ちゃん、納豆好き？」

小百合さんに初めて名前を呼ばれてドギマギした。

「うーん、実はそんなに食べたことがなくて」

私が言うと、

「理夢ちゃんの離乳食、納豆だったんだよねー」

小百合さんが楽しそうに言った。

「オジバが納豆大好きだったから、僕も乳幼児時代からひきわり納豆を普通に食べてて。最初は、少し砂糖をかけて、食べやすくしてくれたりして。だからね、今日も締めは、納豆チャーハンなんだよ」

理夢人が言った。

「小鳥、納豆いっぱい入れるけど、平気?」

遠慮がちに理夢人が聞くので、

「食べてみる」

私は笑みを浮かべて返事をする。

「でもさ、その前にポテサラハムカツ、出るよね?」

小百合さんが心配そうに質問した。

「もちろんっすよ。それ省いたら、オジバ怒りますもん」

「ポテサラ? ハムカツ?」

訳が分からず理夢人の顔を見上げると、

「ハムとハムの間にポテサラを挟んで、カツにして揚げるの。もともとはサンサーラ時代の名物料理で、お客さんから内線が入ると、オジバがこれをパパッと作って部屋に出前してたんだって。

それが食べたいばかりに、わざわざ遠くから夫婦でサンサーラに来てた人もいたらしいよ」

薄皮をわずかに残したとうもろこしを熱湯の中に並べて入れながら、理夢人が教えてくれる。

小百合さんが、また一服をしに席を立つ。

「小百合さーん、とうもろこしは茹でたてがおいしいから、ちゃんと十分以内に戻ってくださーい」

理夢人が小百合さんの背中に話しかけると、

「うぃーっす」

小百合さんが、おどけた様子で敬礼の真似をして外へ出る。

「ほんと、面白い人でしょう？」

扉が完全に閉まってから、理夢人が言った。

「そうだね。きっと一般社会では、相当浮いて見えるだろうけど」

「でもさ、オジバがあの人にぞっこんだったって、すげーわかる気がするよね」

「だって小百合さん、めちゃくちゃ魅力的だもん。オジバもそうだけど、最高にチャーミングだよ」

理夢人と出会って、私はいろんな生き方をする人たちを知った。

「愛にも、いろんな形があるんだなぁって、僕はオジバと小百合さんから学ばせてもらったんだ。ふたりがいたから、今の僕がいるんだって思う」

理夢人は、とうもろこしを茹でた鍋の火を止めてからも、しばらくとうもろこしをお湯に入れたままにしていた。そして、小百合さんが外から戻ってきたタイミングで、とうもろこしを笊《ざる》にあげる。

「じゃあ、誰が綺麗に早く食べられるか、競争ね」

小学生みたいにはしゃぎながら、小百合さんが言った。全員、自分のとうもろこしの薄皮をむいてから、神妙な表情でスタートを待つ。

「位置について、よーい、どん！」

小百合さんの合図で、私もとうもろこしを食べ始めた。

びっくりするくらい、甘いとうもろこしだ。粒のひとつぶひとつぶに、エネルギーがみなぎっている。

まずは横一列を、指先で一個ずつ端っこからむしっていく。くるんとひねるようにすると、下の方まできれいに実が取れた。おいしくて、食べているだけで幸せになる。途中から、私は自分が虫になった気分になっていた。

すると、真横でパシャリと聞きなれない音がする。

驚いて振り向くと、またパシャリと音がした。

なんと、小百合さんがカメラを構え、私の顔を撮っていたのだ。

「いいの、いいの、気にしないで。お願い、そのまま食べて。小鳥ちゃんがあんまりいい顔でとうもろこし食べてるから、つい、カメラマン魂がうずいちゃって」

そう言う小百合さんのとうもろこしは、中途半端に残した状態で、しかも食べた跡がガチャガチャで全然綺麗じゃない。小百合さんの中では、もう誰が綺麗に早く食べるかの競争はどうでもよくなっているらしい。

私は再び、前を向いてとうもろこしを齧った。一列分が綺麗になくなると、後はそれほど難しくない。下の歯を当てながら、すいすいと芯から実を外していく。

「なんだかさ、小鳥ちゃん、ハーモニカで美しい音色を奏でてるみたいな表情を浮かべて、とうもろこし食べてるんだもん。

理夢ちゃん、いい嫁さんが来て、よかったじゃん」

それほどとうもろこしの食べ方を褒められるとは思ってもみなかったので、私はちょっと恥ずかしかった。しかも、私は理夢人の嫁じゃない。でも、そんなふうに小百合さんに褒めてもらえるのは、光栄だ。私も、オジバ友の会の仲間に入会を認めてもらえたようで、誇らしくなる。

だいぶお腹はきつくなっていたけれど、その後、予定通りポテサラハムカツを食べ、更に納豆チャーハンも食べて、最後は小百合さんが町の和菓子屋さんから買ってきてくれたあんみつを食べ、オジバの命日の食事会はつつがなく終了した。

今から行けばまだ終電に間に合うと言うので、私と理夢人も、駅まで小百合さんに付き添った。別れがたくて、私はもう少しゆっくり歩きたいのに、小百合さんは誰よりも早足で、競歩のようにとっとと歩いて先を急ぐ。小百合さんは、本当にせっかちな性格だった。

「じゃ、また来年」

駅が見えてくると、小百合さんが早口で言った。別に一年間も律儀に間を空けなくても、会えばいいのにと思ったけれど、理夢人もまた、

「一年後に」

と言葉をつなぐ。

最後、理夢人と小百合さんがハグをする。その流れで、私と小百合さんもハグをした。間髪を容《い》れず、小百合さんが、私のほっぺたにぶちゅっとキスをする。そして、私の耳にだけ聞こ

える声で、ささやいた。

「理夢ちゃんと、いい凹凸すんだよ」

はい、と私は神妙に返事をした。

改札の奥へと吸い込まれていく小百合さんの後ろ姿が見えなくなるまで、私と理夢人はその場に立って見送った。

もともと小柄な小百合さんの背中が、他の人に交じるともっともっと小さく見える。小さくて、しかも頼りなかった。

多分、そんなことは小百合さん本人だって百も承知なのだ。でも、本人はあくまで、力強く、逞しく男性として生き抜こうとしている。その心意気が、かっこよかった。

「でも、なんでまた一年後なの？」

来た道を引き返しながら、理夢人に聞いた。私たちは、来る時とは倍のゆっくりとしたスピードで、手をつないで歩いている。

「なんでだろう。でも、お互いにそれくらいで十分って気がしているからじゃない？　暗黙の了解、みたいな。一年後に、またお互い元気な姿で会えたら、それでいいんだよ。

オジバがいるなら、毎日でも会いたいけどさ、もうそういう時代は終わったから」

「そっか」

私には、わかるような、わからないようなどっちつかずの感情だった。

「明日も、お弁当作るんでしょ？」

「そうだよ。でも、明日はちょっと楽させてもらってサンドイッチにする。もう、ほとんど準備はしてあるし」

「だったら、帰って少し、休む？」

「うん、帰ってからちょっと休んで、それで早起きして仕事する。小鳥は？」

「私も明日、朝から仕事が入ってる。でも、これから帰るのもなんだし、理夢人と一緒に寝て、早朝帰ってシャワー浴びてから仕事に行くよ。

　朝、理夢人が起きる時間に、起こしてくれる？」

「もちろん、ささっとサンドイッチ作ってあげるから、お弁当に持っていきなね」

「ありがとう。何サンド？」

「えっとねぇ、卵サンドと、ハーブチキンサンドが基本で、あとはオプションでクリームチーズ杏サンドかな」

「いいねぇ」

　私は言った。理夢人が続ける。

「明日さぁ、朝、ちょこっと凹凸していい？」

「もちろん」

「なんかさ、さっきカウンターでご飯食べてる小鳥見てたら、むしょうにしたくなって。小鳥が、すげー色っぽく見えた」

「そう？」

とぼけてみたけれど、実は老人ホームの同僚にも、最近、同じことを指摘された。自分ではわからない。

「同意のないセックスは、この世の諸悪の根源だって」

「オジバが言ったの?」

「いや、それを僕に最初に言ったのは、小百合ちゃんだけど。僕が、小学校に入学する日の朝」

「さすがだね。でも、言うの早いね」

「だろ? でも、そうやって刷り込まれてるから」

「うん、すごく大事なことだよね」

世の中の男性がみんな理夢人みたいな教育を受けていたら、性暴力で傷つけられる女性は圧倒的に減るのに。

「体を道具にしちゃいけないって、オジバ、いっつも僕に言ってたんだ。僕は、その言葉を日常的に聞いて大きくなったの。神様は、一時的な快楽をむさぼるために体を与えてくれたんじゃない、って。

本気で、本能で、魂を含めた体全部で感じないと、本質には辿り着けないんだよね」

それから私たちはリムジン弁当に戻り、ふたりで手分けして後片付けをし、歯を磨き、ささっと布団を敷いて眠りについた。

気がつくと、私はなんだか冷たい場所にいた。冷たいが、ところどころあったかくて、風のような、でも風ではない何かに包まれている。時々ぐわっと向こうから圧のようなものに押され、体が後ろに戻された。ゆっくりと目を開けると、目の前を虹色の魚が横切っていく。私がいたのは、海の中だった。

わぁ、きれい。

巨大な海藻が揺れ、そこら中に色とりどりの魚がいる。大きい魚もいれば、小さい魚もいて、形も様々だ。上空から光が差し込み、至る所に光の柱ができている。

海の中にも豊かな森が広がっているなんて、私、知らなかった。

海は、暗くて冷たい、殺風景な場所だとばかり思っていた。私にとって、海は行っちゃいけない場所なのだと思い込んでいた。

体の後ろの方をひねると、ふわりと体が前進した。

楽しくなって、私は右に左に体をくねらせた。

自分で自分の姿は見えないけれど、どうやら私は魚として海の中を自由に泳いでいるらしい。水の感触が気持ちよくて、ただその心地よさを味わうためだけに泳いだ。泳いでいるだけで、幸せだった。

時々、他の魚と尾ひれと尾ひれが触れ合ったり、正面衝突しそうになったりする。そうかと思えば、狭い岩場を探検したり、海藻のトンネルをくぐり抜けたり、楽しいことはそこらじゅうにあった。周囲を泳ぐ魚たちの鱗が、光を受けてキラキラと輝く様子を見ているだけで、胸がいっぱいになってくる。

海の中には、タコやイカやカメの姿もある。

タコは吸盤を宝石のように光らせ、イカは突風のように瞬時に水の中を移動する。カメは、優雅にゆったりと、海面ぎりぎりのところをたゆたっている。

平和とは、まさにこのことだと思った。

海の中は、ものすごく平和な世界だった。

こんなに美しい世界があったんだ、と思った時、ふと大きな波が来て体が横に流された。と思ったら、理夢人の手だった。

あの気持ちよさは夢だったのか、と少し残念に思いながら、理夢人の体に手足を絡める。もう一度目をつぶったら、海の中に戻れるかもしれない。部屋は、まだ薄暗かった。

ゆらゆらとした波の余韻と水の温もりを思い出しながら、理夢人とキスをする。最初は赤ちゃんのほっぺたにするように軽く、それから少しずつ大人の口づけを。外が少しずつ明るくなって、早起きの鳥たちが朝を告げる。

私は自分からパジャマを脱いで、裸の理夢人と肌を重ねる。夏だから、寒くない。タオルケットもいらない。

「魚だったよ」

理夢人からの優しい愛撫を受けながら、私は寝ぼけ眼で、さっき見た夢の内容を報告する。

「魚?」

「うん、魚になって、海の中を泳いでたの」

「僕は？」

「え？」

「だから、僕も海にいた？」

「思い出せない。いたような気もするけど、私はひとりで泳いでたような気もする」

朝の神聖な空気の中で、私たちはお互いに相手の気持ちいいを模索した。それから私たちは、すぐに交わった。

神様の透明な腕が、私をふわりと持ち上げ、お姫様抱っこする。私の体は橋になり、やがて美しい虹に変わった。

そして私は、ほんの一瞬、宇宙に溶けた。死んだようにフワーッと花びらのように無限に広がり、すぐにまたしゅっと閉じて私のいる場所に戻ってくる。

「気持ちいい」

たった今私の全てに訪れたあの感覚を、それ以外の言葉で表現するのは難しかった。

「僕も」

理夢人が笑っている。私の体の奥深い場所から、ひたひたと愛が流れていく。おびただしい数の精霊たちが、私たちの布団を囲み、祝福の花びらを降らせている。

「私、この星に生まれてきて、本当に幸せ」

温かい涙が、頬を伝って落ちていく。間違いなく、私の魂は今、嬉し涙を流している。

あの境目のない空間が、一瞬だったのか、それともしばらく長く続いたのかわからない。でも私は確かに、美しい光の世界にいた。

目を閉じて、再び海の中を泳ぎ始めた。

体をくねらせながら、理夢人を捜す。きっとこの大海原のどこかにいるはずだと思いながら。

私は、遠いところの光を目指して、海の中を無心で泳いだ。

この作品は書き下ろしです。

小川 糸（おがわ いと）

1973年生まれ。2008年『食堂かたつむり』でデビュー。以降数多くの作品が、英語、韓国語、中国語、フランス語、スペイン語、イタリア語などに翻訳され、様々な国で出版されている。『食堂かたつむり』は、2010年に映画化され、2011年にイタリアのバンカレッラ賞、2013年にフランスのウジェニー・ブラジエ賞を受賞。2012年には『つるかめ助産院』、2017年には『ツバキ文具店』、2021年には『ライオンのおやつ』がNHKでテレビドラマ化された。『ツバキ文具店』と『キラキラ共和国』は「本屋大賞」にノミネートされ『ライオンのおやつ』は2020年本屋大賞第2位となる。その他著書に『喋々喃々』『ファミリーツリー』『リボン』『ミ・ト・ン』『椿ノ恋文』など。

小鳥とリムジン

2024年10月7日　第1刷発行
2024年11月26日　第4刷

著　者　小川 糸
発行者　加藤裕樹
編　集　吉田元子
発行所　株式会社ポプラ社
〒141-8210　東京都品川区西五反田3-5-8　JR目黒MARCビル12階
一般書ホームページ　www.webasta.jp

組版・校閲　株式会社鷗来堂
印刷・製本　中央精版印刷株式会社

N.D.C.913 302p 20cm ISBN978-4-591-18341-0

P8008471